살아남는 중입니다____ , 이 결혼에서

살아남는 중입니다 ___ , 이 결혼에서

박진서 지음

사랑과 결혼 그리고 삶이 던지는 문제의
해답을 찾아가는 기록 ──── △ngle Books

차례

3장

프롤로그

자식으로 얽매이지 않은 관계,

남녀 간에 느낄 수 있는 사랑의 감정이 희미해진 관계,

물질적인 필요를 충족해주지 못하는 관계…….

그런 관계에서도 결혼이라는 책무를

끝까지 유지해야 할 필요가 있을까?

성깔 더러운 여자, 제 잘난 맛에 사는 여자,

남편으로부터 비롯된 삶을 지긋지긋해하는 여자.

이런 여자가 왜 여태껏 남편을 떠나지 않고

결혼생활을 유지하고 있는 것일까?

무려 17년간이나 계속된 이 질문에 대한 답은 아직도 찾지 못했습니다. 운명을 거스를 용기가 부족해서일 수도 있고, 타인의 시선을 지나치게 신경 쓰는 것일 수도 있고, 부정적인 감정의 회피 수단으로 순응을 택한 것일 수도 있습니다. 그럼에도 아무튼 살아야 한다는 것, 지금 이대로의 삶을 받아들이고 살아야 한다는 결론을 얻었습니다.

저는 여전히 이 삶이 버겁고 신물 날 때가 있습니다. 주어진 운명을 받아들인다고 해서 반드시 마음의 평화가 뒤따라온다는 법은 없으니까요. 어수선한 마음을 정리했다고 해도 일상의 갖은 어려움이며 불안까지 다림질하듯 말끔히 펴지는 것은 아니니까요. 그래도 이제 어떻게 살아야 하는지는 어렴풋이 알게 된 것 같기도 합니다. 무수히 많은 날을 아파하고 괴로워하고 발버둥 치며 얻은 결론이 겨우 이거라서 한편으론 허탈하기도 하지만, 어쩌면 사랑만이 답일지 모른다고 생각을 정리하게 된 것입니다. 내가 평안해지는 길 그리고 그가 편안해지는 길…….

사랑이 없다면 앞으로의 우리 생은 더 헤쳐나가기 쉽지 않으리라는 사실을 그 어느 때보다 무겁게 받아들입니다. 저의 시련은 아직 끝나지 않았기 때문입니다. 여전히 현재 진행형의 슬픔이 엎질러진 오물처럼 제 앞에 낭자하게 깔려 있습니다. 그러니 그를 더 사랑하기라도 해야겠다고 이렇듯 결의를 다질 수밖에요.

이 책은 제 옆의 단 한 사람, 그의 곁에 머물러 있기 위한 저의 다짐이며, 힘겹지만 소소한 행복을 찾아나가는 기록입니다. 그리고 그를 더 사랑하기 위해 애썼던 저의 오랜 흔적들을 담고 있습니다. 앞으로는 부디 상처 입지 않고 행복할 수 있길 바라고 또 바라는 마음으로 이야기를 다시 시작합니다.

내일은 오늘보다 더 밝고 빛나기를 소망하며

박진서

1장

부부란 우리가 생각하는 것 이상으로
훨씬 더 복잡 미묘한 관계일지 모른다.
이해할 수도 없고 설명할 수도 없는 감정들로 어지러이 얽혀 있는,
그야말로 무엇보다 질기디질긴 인연.

너는
내 운명

"누가 그렇게 번갯불에 콩 볶아 먹듯 덜컥 결혼을 하래? 누가 등 떠밀었냐고!"

나의 잦은 하소연에 언니가 이렇게 일갈했다. 그렇다. 이제 와 누굴 탓한단 말인가. 어디까지나 내 선택이었던 것을.

17년 전, 나는 남편과 만난 지 석 달 만에 초고속으로 결혼식을 올렸다. 이런 경우 흔히 떠올리는 '속도위반' 같은 이유 때문도 아니었다. 남편이야 뭐, 나에게 첫눈에 반했다고 치더라도 나는 사실 그렇지 않았다.

오히려 그는 내 이상형과는 한참 거리가 먼 사람이었다. 그저 성격 좋고 말이 잘 통하는 점에 끌리긴 했다. 정신적으로 많이 피폐해 있던 시기에 만난 남편은 자상하고 따뜻했다. 그런 점에 마음이 쉽게 허물어졌던 게 아닌가 싶다. 결혼을 현실의 도피처로 삼은 나쁜 예가 될 것임을 미처 알지 못한 채.

이제 와 돌이켜보면 우린 그때 둘 다 세상 물정 모르고 참 순수했던 것 같기도 하다. 그는 서른둘의 나이에 한눈에 반한 여자를 신붓감으로 선택했다. 그 여자가 한 성깔 한다는 걸 눈치채지 못할 만큼 콩깍지가 씌어서. 나 또한 서른이라는 적지 않은 나이에 그저 사람 좋은 거 하나만 믿고 덜컥 내 인생을 그에게 맡겨버렸다. 경제력이나 신체 건강 같은 조건은 일절 따져보지도 않고서.

운명은 순한 얼굴로 찾아왔다

❀ ❀ ❀

처음 데이트를 할 때 이미 남편의 눈 상태가 좋지 않음을 깨달았다. 그에겐 학창 시절 교과서로만 들었던 '야맹증'이 있었다. 어렸을 때부터 그랬다고 하니 꽤 오랜 세월 동안 밤만 되면 암흑으로 변해버리는 세상을 살아왔으리라. 남편이 어두운 밤길을 잘 걷지 못하자 첫 만남이었음에도 나는 과감히 그의 팔짱을 꼈다. 그리고 자연스럽게 발을 맞추어 걸었다. 때마침 과도하게 발현된 인류애가 내 발목을 잡는 시초가 되어버릴 줄이야. 아무튼 그런 내 모습에 이 남자는 한마디로 '뿅 가버린' 듯싶다.

한참 후에 듣게 된 얘기지만, 남편의 대학교 때 여자 친구가 인적이 드문 어두운 곳에 그를 버려두고 간 적이 있다고 한다. 말다툼을 한 끝에 그랬다는데, 그는 어두운 밤길을 헤매다 거의 날이 밝아올 때쯤에야 집에 돌아갈 수 있었단다. 문득 그 여자가 머릿속에 스치며 나와 무슨 일이 있어도 결혼을 해야겠다는 결심이 들었다나. 본능적으로 이 여자를 잡아야 내 살길이 열리겠구나 싶었겠지.

여하튼 그때만 해도 나는 남편의 그런 결핍을 크게 염두에 두지 않았다. 지금 생각해보면 참으로 이상한 일이었다. 첫 데이트였고, 호감은 있었지만 사랑하는 감정은 전혀 없었다. 그렇기 때문에 상대의 약점을 사랑으로 감싸준다는 그런 마음이 발동할 타이밍은 아니었다.

밤눈이 어두우니 당연히 운전을 하지 못했고 이런저런 행동에 제약이 많았다. 한낮에도 환한 빛이 없는 곳에서는 잘 움직이지 못했다. 그럼에도 나는 누가 쫓아올세라 그렇게 후다닥 결혼을 강행했다.

첫 번째 충격

❋ ❋ ❋

우리의 신혼생활은 그런대로 무난했다. 둘 다 돈 한 푼 없이 결혼했기에 신혼살림이 변변치 않았지만 별로 크게 싸우지도 않았다. 그런데 결혼한 지 일 년이 넘어가도록 아이가 생기지 않자 혹시나 하고 병원을 찾게 되었다. 우리는 '정자의 운동성 감소로 인한 자연임신 불가능'이라는 진단을 받았다. 결혼한 이래 최초로 가해진 충격이었다. 그래도 그때는 왠지 절망감보다는 희망을 더 많이 가졌던 것 같다. 노력하면 되겠지. 인공수정도 하고 시험관 시술도 하면 나에게도 꼭 예쁜 아기가 와주겠지.

이 충격의 여파가 채 가시기도 전에 또 다른 충격이 들이닥쳤다. 남편의 옛 직장 상사인 지인에게서 어찌어찌 땅을 넘겨받은 것이다. 많은 빚을 지면서 울며 겨자 먹기로. 선택은 어쨌든 우리의 몫이었지만, 어수룩한 어린애가 멋모르고 주머니를 탈탈 털린 격이었다.

남편은 원래 줄곧 서울에서 생활하던 사람인데, 당시 내가 사는 도시의 한 대학입시 학원에 수학강사로 스카우트되어 와 있던 상태였다. 나를 만날 즈음엔 이미 계약이 만료되어 서울로 돌아갈 날만을 기다리고 있던 참이기도 했다. 그런데 이 남자는 첫눈에 반한 여자 때문에 낯선 도시에 무작정 눌러앉았다.

우리는 결혼 후 이 년 정도 더 그곳에서 살았다. 하지만 그쯤에서 아무래도 서울로 거주지를 옮기는 편이 좋을 것 같았다. 우리에게 땅을 떠넘긴 지인이 자기 소유의 상가에 학원을 열라고 제안했다. 남편은 그를 직장에서 만났지만 사석에서는 'K형'이라고 부를 정도로 그와 친분이 깊었다. 상당히 구미가 당기는 말이었다. 서울에서 학원을 하면 수입이 괜찮을 것 같았고, 빚을 더 빨리 갚을 수 있으리라는 계산이 섰다. 그래서 이번엔 내가 남편을 따라 무작정 서울에 오게 되었다.

예기치 못한 사건들

❉ ❉ ❉

서울에 올라오자마자 이삿짐을 풀 새도 없이 학원 개원을 준비했다. 한 푼이라도 아껴보고자 직접 몸으로 뛰었다. 인 테리어 디자인을 하는 형부의 코치를 받아 곳곳에 페인트를 칠하고 발품을 팔며 필요한 물건들을 사러 다녔다. 상경한 첫날부터 한 달 가까이 정말 허리 한 번 펴지 못하고 일했다.

모든 준비를 마치고 드디어 학원 등록을 하러 교육청에 가기로 한 날. 어쩐 일인지 아침에 나간 남편이 저녁이 되도 록 돌아오지 않았다. 느낌이 상당히 안 좋았다. 한참 후, 많 이 지쳐 보이는 얼굴로 집에 들어온 그가 어렵게 얘기를 꺼 냈다.

"허가가 안 떨어졌어. 거기는 원래 학원 허가가 안 나는 곳 이래. 아래층에 유흥업종 시설이 있어서."

그 순간 나는 이미 제정신이 아니었다. 나도 모르게 그를 향해 소리를 질렀다.

"그럼 지금까지 우리 대체 뭐 한 거야? 어떻게 그런 걸 미 리 알아보지도 않았어? 그 사람은 그런 사실도 모르고 거기서 학원을 하라고 한 거야? 자기 소유의 상가라며! 여태 들어간 돈이 대체 얼마냐고!"

K형도 선의로 한 일임에는 틀림없었다. 그래도 원망과 분노가 쉽게 사그라지진 않았다. 울며불며 소리 지르는 내 앞에서 남편은 그저 고개만 푹 숙인 채 앉아 있었다. 그렇지 않아도 빚이 있는 상태에서 또 다른 빚을 내어 학원을 준비했다. 그 돈을 홀라당 다 날려먹을 상황이었다. 그나마 K형이 우리가 투자한 돈의 삼분의 일 정도를 메꾸어주었지만, 내 절망감을 보상하기에는 턱없이 부족했다. 나는 며칠간 식음을 전폐한 채 앓아누워 버렸다.

반대로 남편은 정신을 더 바짝 차렸다. 그날 밤 당장 아는 사람들에게 일일이 전화를 돌렸다. 과외 자리를 알아보고 학원 취업을 청탁했다. 그리고 다음 날부터 곧바로 생활전선으로 뛰어들었다. 강남과 송파, 과천을 지하철로 누비며 열심히 돈을 벌러 다녔다. 나도 얼마 지나지 않아 힘을 내 다시 살아갈 궁리를 찾아야 했다. 무엇보다 얼른 빚을 갚는 게 급선무였으므로.

무서운 예감

❋ ❋ ❋

남편은 수학과를 졸업했고 오랜 강의 경력이 있어서인지 다행히 여기저기 불러주는 데가 많았다. 야맹증으로 운전을 하지 못하는 탓에 밤엔 내가 운전기사가 되어 동행했다. 정말 고되고 힘든 나날이었다. 그 많은 빚을 다 갚으려면 얼마나 기나긴 시간이 지나야 할지 제대로 따져볼 엄두도 나지 않았다.

그때만 해도 우린 젊고 건강했기에 그럼에도 또다시 힘을 낼 수 있었다. 그 와중에 나는 아이에 대한 미련을 버릴 수 없어 인공수정을 여러 번 시도했지만, 그때마다 결실을 보지 못했다. 암담하기만 한 현실과 호르몬 주사의 영향 때문인지 그즈음부터 심한 우울증을 겪기 시작했다.

그러던 어느 날, 별생각 없이 TV를 보던 중 불현듯 이상한 느낌에 사로잡혔다. 멍하니 채널을 돌리다가 갑자기 강한 자석에 이끌린 것처럼 화면에 시선이 고정되었다. 예전에 '틴틴파이브'로 활동했던 개그맨 이동우 씨가 시력을 잃었다는 소식. 그를 실명에 이르게 한 병은 '망막 색소 변성증'이라는

들도 보도 못한 희귀병이었다. 그는 평소 야맹증이 있었고, 시야가 점점 좁아지는 탓에 자꾸 어딘가에 부딪혔고 바로 옆에 사람이 있어도 못 알아챘다고 했다.

그의 사연을 들으며 심장이 마구 뛰어대는 걸 주체할 수 없었다. 그 어느 때보다 무서운 예감이 날카로운 칼날처럼 가슴을 파고들었다.

"뭐지, 우리 남편이랑 너무 똑같잖아……?"

너의
이름은 캔디

이동우 씨가 앓는 병의 진행 상황과 남편의 상태는 매우 흡사했다. 나는 당장 남편에게 병원 진료를 받아보기를 권유했다. 하지만 남편은 왠지 시큰둥해하며 피하는 눈치였다. 아마도 본인은 직감적으로 알고 있었던 모양이다. 안 좋은 결과가 나오리란 걸.

　집 근처 종합병원 안과에서 이것저것 검사를 한 결과, 남편은 망막 색소 변성증 진단을 받았다. 망막 내 광수용체(빛 자극을 감지하여 전기 신호로 변환하는 세포)의 기능 이상으로 시야가 점점 좁아지며, 결국에는 실명에 이르게 되는 병이었다. 이동우 씨는 급성으로 진행된 케이스이고, 남편은 그나마 진행 속도가 느린 편이었다.

　설마설마하던 게 진짜가 되는 순간 눈앞이 노래지며 현기증이 일었다. 눈물 따위는 나오지도 않았다. 그 병원에서는 다시 서울대학 병원으로 가서 정밀진단을 받아보라고 했다. 얼마 후 남편은 서울대학 병원에서 더 자세한 검사를 받았다. 역시 결과는 마찬가지였다. 시각장애 4급이라는 판정이 나왔다.

불임 진단을 받고, 원치 않은 땅을 사며 빚을 지고, 서울로 이사까지 하며 추진한 학원 개원의 꿈이 산산이 부서지고, 그 때문에 더 많은 빚이 생기고, 남편이 시각장애인이 되고……. 이 모두가 결혼을 한 지 채 삼 년이 안 되는 시간 동안 벌어진 일이다.

신혼의 단꿈을 꾸기에도 모자란 때에 나는 정신없이 휘몰아치는 운명의 소용돌이에 맥없이 휩쓸렸다. 넋을 놓지 않으려 안간힘을 썼지만, 그렇다고 제정신으로 살아질 리도 없었다. 이 모든 걸 부모님께는 일언반구 내색하지 못했다. 가까운 친구들에게조차 마음을 털어놓지 못하고 나 혼자 안으로 곪아 들어갔다.

좌절을 모르는 사람

❋ ❋ ❋

그런데 이상한 건 남편이었다. 그는 아무 일 없는 듯 다시 수업을 하고 일상생활을 해나갔다. 충격에서 헤어나지 못하고 있는 내가 오히려 더 이상해 보일 정도였다. 남편은 도무지 슬픔이나 좌절이란 걸 모르는 사람 같았다. 여전히 잘 먹고, 열심히 일하고, 친구들을 만나 술을 마시고, TV를 보며 시시덕거렸다.

'나는 친구들과 인연도 끊고 이렇게 병들어가는데, 당신은 아직도 친구들 만나서 놀 정신이 있는 거야?'

'왜 나만 고통받아야 하느냐고! 내가 당신 부모야, 형제야? 왜 내가 이토록 무거운 짐을 혼자 짊어져야 해? 대체 내가 왜!'

이런 마음을 차마 내색할 수는 없었다. 하지만 속으로 얼마나 원망을 하며 가혹한 운명에서 벗어나고 싶어 몸부림쳤는지 모른다.

남편의 눈은 서서히 나빠지고 있었다. 처음 시각장애 판정을 받을 때만 해도 아직 중심시력(주변을 인지하는 배경시력을 제외하고 중앙 부분을 보는 시력)이 많이 남아 있어서 돋보기를 쓰면 책을 볼 수 있을 정도였다. 하지만 시간이 갈수록 책 읽기가 점점 힘들어졌다. 일은 해야 했기에 학생들 교재를 일일이 스캔한 뒤 태블릿 PC에 저장해, 글씨 크기를 최대한 확대해가며 수업을 했다.

과외를 하던 학생 집에서 남편의 눈 상태를 알아채곤 당장 과외를 끊었다. 그 후 얼마 되지 않아 일주일에 사흘 나가던 학원에서도 해고 통보를 받았다. 그럼에도 그는 전혀 굴하지 않았다.

우리는 집을 조금 더 큰 평수로 옮겨 그곳에서 작은 과외 교실을 열었다. 한정적이고 익숙한 공간에서는 그가 비교적 자유롭게 행동할 수 있었기에 썩 괜찮은 차선책이었다. 강사로서 남편의 최대 장점은 유머러스하고 열정적인 강의 스타일이었다. 눈이 잘 보이지 않는 단점을 그는 순전히 말발로 벌충해나갔다. 처음 몇 년간 수강생이 꽤 많아 빚을 갚는 속도도 빨라졌다.

하지만 남편의 시력은 갈수록 더 떨어지기만 했다. 이제 그는 식탁 위에 놓인 반찬의 종류나 색깔을 잘 구별하지 못했다. 시야는 점점 좁아져 맨날 여기저기 몸을 부딪쳤다. TV 자막도 읽지 못했고, 문자는 오타투성이였다. 당연히 수강생도 거의 떨어져 나갔고 수입은 푼돈 수준이 되었다. 그래도 남편은 여전히 씩씩했다. 아무래도 슬픔과 좌절을 모르는 사람이 맞는 것 같았다.

그는 자신의 눈이 나빠지는 것과 상관없이 더 활발하게 외부활동 영역을 넓혀갔다. 친구들과 야구 동호회를 만들어 주말마다 야구를 하러 다녔다. 주구장창 벤치 신세를 면치 못하다가, 위험하다는 이유로 약 일 년 만에 그만두긴 했지만. 그 후론 등산을 다녔다. 등산도 남편에겐 위험천만한 운동이었다. 그런데도 주말마다 기어코 산에 갔다. 감사하게도 동행해주는 친구가 있었고, 주로 평지 같은 둘레 길로만 다녔으니 가능한 일이었다.

새롭게 찾아온 고통

❀ ❀ ❀

처음 빚을 진 이후 한 십 년쯤 지나자, 피돌기가 멈출 정도로 내 목을 조르던 빚도 드디어 바닥을 보이기 시작했다. 하지만 전혀 기쁘지 않았다. 빚만 사라져도 룰루랄라 살 수 있을 것 같더니만, 막상 그렇게 되어가자 이제는 허무함과 막막함이 덮쳐왔다. 남편은 향후 몇 년 후면 일을 못 하게 될 테고 시력마저 완전히 잃게 될 터였다. 나는 나이 마흔을 넘긴 시점이었으니 내 팔자에 아이는 없다고 마음을 깨끗이 정리했다. 우리 부부의 전 재산은 월세 보증금 이천만 원과 차 한 대 그리고 아무도 찾지 않는 산속의 땅뙈기가 다였다. 오랜 시간 열심히 돈을 벌었지만 결국 우린 빈털터리 신세가 되고 말았다.

그러던 어느 날, 심한 현기증이 일며 몸속의 퓨즈가 뚝 하고 끊기는 듯한 느낌을 받았다. 나 또한 수학강사로 일하고 있을 때였는데, 그날 이후 몸에 이상 증세가 찾아왔다. 이렇게 갑자기 시작된 고통으로 나는 죽도록 아프기 시작했다.

정확히 어디 한 군데가 아픈 것이 아닌 복합적인 통증이었다. 머리가 깨질 듯이 아팠다가, 손발이 덜덜 떨렸다가, 속이 메슥거려 헛구역질을 했다가, 갑자기 기력이 훅 떨어져 정신을 잃을 듯 휘청거렸다. 내게도 병이 찾아온 것이다. 자율신경 실조증(교감신경과 부교감신경의 길항작용에 부조화가 일어나는 여러 가지 이상 자각 증상)이라는 낯선 병이었다.

아픔이 계속되는 상황에서도 울면서 출근을 하는 날이 이어졌다. 돈을 벌지 않으면 산 입에 거미줄 치게 생겼으니까. 일을 할 때 아픈 티를 낼 수는 없었으므로 있는 힘을 다 쥐어짜서 하루하루를 버텨냈다. 집에 돌아온 후엔 까무룩 정신을 놓아버리길 이 년 가까이. 정말 어떻게 견뎠는지 모를 시간들이다.

병마와 싸우는 동안 나는 부끄럽게도 죽음에 대해 종종 생각했다. 고통과 좌절, 슬픔으로 점철된 십몇 년의 세월 끝에 남은 건 병든 마음과 몸뿐이라는 사실이 삶의 의욕을 모조리 앗아가 버렸다. 내 안의 모든 에너지가 바닥나버린 느낌이었다. 앞으로 살아낼 일이 그저 막막하기만 했다.

남편은 그 시기에도 묵묵히 자기 할 일을 해나갔다. 눈이 빨갛게 충혈되도록 일해서 얻은 쥐꼬리만 한 수입이나마 꼬박꼬박 가져다주었고, 서툰 몸짓으로 집안일을 도왔다. 설거지를 하다가 그릇을 깨트려도, 빨래를 다 엉키게 널더라도, 음식 맛이 형편없어도, 그는 언제나 모든 일을 최선을 다해서 했다.

그는 정말 슬픔이나 좌절을 모르는 사람일까?

물론 남편도 아주 가끔 좌절하는 모습을 보인 적은 있다. 하지만 그때도 채 한두 시간을 넘기지 않고 본래의 모습으로 돌아왔다.

"내가 무너지면, 그땐 죽는 수밖에 더 있겠어? 어떻게든 살아야지 어쩌겠어."

남편 또한 운명을 끌어안기 위해 안간힘을 쓰고 있었던 거다. 죽지 않기 위해, 어떻게든 살아내야 하기에, 자신에게 닥친 시련에 쉽게 휘둘릴 수 없었던 모양이다. 그것이 타고난 긍정성이든 현실 회피의 수단이든, 그는 나름대로 고군분투하고 있는 중이었다.

그때 처음으로 남편이라는 사람을 조금은 이해하게 되었

다. 항상 나만 힘들어하며 혼자 이 모든 짐을 짊어지고 가야 할 것만 같던 억울함도 조금은 덜어냈다.

하지만 내가 그를 이해하게 되었다고 우리 앞에 닥친 문제들까지 해결이 되는 건 아니었다.

무례한 사람은
생각보다
가까이 있다

"정신 차려라. 언제까지 그렇게 넋 놓고 있을래? 안마라도 좀 배우던가!"

언젠가 남편이 한 지인에게 들었던 말이다. 이 얘기를 한참 후에야 전해 듣고 속으로 얼마나 화딱지가 나던지!

"적어도 당신보다는 더 정신 바짝 차리고 사니까 걱정 마세요! 부인인 나도 가만히 있는데, 당신이 무슨 자격으로 그런 막말을 하는 겁니까?"

당장 전화를 해서 따져 묻고 싶은 걸 꾹 참았다.

그는 남편과 꽤 가까운 사람이다. 그렇다 보니 자기 딴엔 걱정이 돼서 한 말이었을 것이다. 눈은 점점 더 나빠지는데 미래에 대한 아무런 대비도 하지 않는 것처럼 보였을 수도 있다. 하던 일도 대부분 못 하게 되고 수입이 거의 없는 상황이니 더 걱정이 되었을까?

　하지만 아무리 진심 어린 조언이라고 해도 해야 할 말이 있고 하지 말아야 할 말이 있다. 우리가 다른 사람의 삶과 생각을 모두 파악할 수는 없다. 빙산의 일각처럼 눈으로 보이는 건 극히 일부분에 불과하다. 가난한 사람은 무능하다는 단순 무식한 논리를 들어 빈자를 폄훼하면 안 되듯이, 미래에 대한 준비가 안 되어 있으면 정신을 제대로 차리지 않은 사람이라고 생각하는 것 또한 대단한 착각이다.

　뜬금없이 팔이 안으로 굽어 하는 소리가 아니라, 내가 아는 한 남편은 지금껏 단 한 순간도 정신을 안 차리고 산 적이 없다. 장애를 갖기 전에도 또 후에도 어느 누구보다 더 열심히, 더 힘차게 삶을 살아온 사람이다. 그렇기에 남편은 그런 말을 들을 이유가 전혀 없다. 또한 시각장애인이라고 해서 반드시 안마를 배워야 한다는 법이 어디 있는가. 어느 누가 함부로 상대의 미래나 직업을 결정지을 수 있단 말인가.

　장애가 없는 사람도 새로운 직업을 찾기가 쉽지 않은 게 요즘 현실이다. 그런데 장애인이니까 그리고 가난하니까 자기보다 더 정신 차리고 열심히 살아야 한다는 충고는 얼마나 무례한가.

사람들의 이런 무례함과 오지랖은 때와 장소를 가리지 않는다. 특히나 가까운 사람일수록 그 경계를 더 자주 침범하게 된다. 사실 남편은 눈 상태가 확연하게 안 좋아지던 시점부터 주위 사람들에게 듣지 않아도 될 말들을 종종 들었다. 앞으로 어떻게 살아갈 것이냐는 둥, 점자를 미리 배워놓는 게 좋겠다는 둥.

어쩌면 서투른 표현의 문제였을지도 모른다. 가까운 사이이기에 말을 고르고 아끼지 않은 탓이었을 것이다. 하지만 그런 관계일수록 마음을 표현하는 방법에 있어 더 신중해야 한다는 걸 새삼 느낀다. 진심을 전하는 방법은 사실 특별할 게 없다. 그저 말없이 어깨를 한 번 토닥여주는 것, 지그시 바라보는 눈길 한 번 건네는 것으로도 충분하다. 구태여 쓸데없는 말을 보태 상대의 심기를 더 어지럽혀야 할까?

누구나 제 상처가 가장 아프다

❀ ❀ ❀

사람은 누구나 자신의 고통을 가장 크게 느끼는 법이다. 다리를 잃은 사람 앞에서도 내 발목에 난 작은 상처를 보며 호들갑을 떨고, 집이 없어 월셋집을 전전하는 사람 앞에서도 내 집값이 떨어졌다고 한숨을 내쉬는 게 사람이다. 어디까지나 그들은 그들이고, 나는 나니까.

그래서인지 우리는 종종 남의 아픔이나 고통을 가볍게 여긴다. 친밀함을 방패 삼은 '선 넘는' 판단과 충고도 아마 이런 경향에서 비롯되는 것이리라.

우리는 아무렇지도 않게 말한다.

"그래도 너는 다행인 줄 알아."

"니가 무슨 걱정이 있니?"

여기에는 상대방의 감정에 대한 무의식적인 무시가 깔려 있는 듯하다. 이런 말은 '배부른 소리 마라', '호강에 초 치는 소리하고 있네' 같은 뉘앙스를 풍기기 마련이니까.

'무자식이 상팔자'라는 말도 그렇다. 이건 솔직히 자식 가진 사람들이 할 소리는 아닌 것 같은데, 그들의 신세 한탄 중에 꼭 빠지지 않고 등장한다. 물론 지독히도 속을 썩이는 자식이 있다면 이런 말이 절로 나올 수도 있을 것이다. 하지만 자식이 없는 사람 앞에서 이렇게 말하는 건 때로 상당히 신중하지 못한 행동이 된다.

놀랍게도, 아니 실은 별로 놀랍지 않게도 나는 이런 말을 굉장히 자주 듣는다. 그때마다 정말로 자식이 없어서 참 다행이라고 느낀 적은 한 번도 없다. 그들이야말로 배가 불러 호강에 초 치는 소리를 하고 있는 것처럼 느껴지는 씁쓸함만이 남을 뿐이다.

나의 고통이 누군가에 비하면 그래도 나은 편이라는 위안은 어디까지나 본인 스스로 느낄 때 유효하다. (이런 하향비교에 은밀하고 남부끄러운 면이 있다는 점은 차치하고.) 결코 남이 위로랍시고 어설프게 던진 한마디에 안도감이 생기지는 않는다는 뜻이다. 그런 당위의 말은 스스로가 직접 깨닫고 받아들일 수 있을 때 반감 없는 진리가 되는 것 아닐까?

꽃처럼 예뻤던
너인데

"나 그냥 콱 죽어버릴까?"

　서로를 향해 한참 동안이나 악을 쓰고 소리친 뒤였다. 남편의 입에서 별안간 저 소리가 튀어나오자 불길처럼 끓어오르던 내 속의 울화가 언제 그랬냐는 듯 순식간에 잦아들었다. 감당하기 힘든 큰 쌈밥을 억지로 밀어 넣은 것처럼 입이 떡 벌어지고 말았다. 깊은숨이 새어 나왔다. 이를테면 체념이다. 내가 저 사람을 상대로 무얼 더 바라고 무슨 분풀이를 더 하겠다고…….

　남편이 부쩍 기운을 잃고 힘들어하는 모습을 보인 지는 꽤 되었다. 나는 그동안 그의 대책 없는 밝음이 싫었다. 현실은 피폐한데, 내 마음은 지옥인데, 혼자서만 딴 세상을 살고 있는 듯 해맑은 모습이 꼴 보기 싫어 견딜 수 없던 적이 많았다. 그런데 어느 날부턴가 남편에게서 해맑음이 사라지고 있다는 걸 느낄 수 있었다.

뒤늦은 현실의 자각일까? 혹은 무한할 것만 같던 긍정성이 결국 바닥을 드러낸 것일까?

생각해보니 남편의 우울감은 과외방을 그만둔 시기와 맞물린다. 망막 색소 변성증 진단을 받고도 증상이 서서히 진행되고 있던 덕분에 그는 한동안 생활전선에서 질기게 살아남을 수 있었다. 하지만 언제부터였는지 몰라도 병의 진행 속도가 예전보다 더 빨라진 것 같은 느낌이 들었다. 이제는 더 이상 일을 할 수 없다는 걸 스스로 받아들여야 했다.

그 이후 잔뜩 위축되고 침울해진 모습으로 생활하는 남편이 조마조마하면서도 내가 딱히 해줄 것이 없었다. 나는 그저 평소처럼 그의 곁을 지킬 뿐이었다. 맛있는 밥을 차려주고, 잔소리를 줄이고, 최대한 짜증을 내지 않으며 지냈다. 그의 눈치를 보느라 나 또한 순간순간 한없이 가라앉는 기분이 드는 건 어쩔 수 없는 일이었다.

우리의 현실은 늘 아슬아슬한 줄타기와도 같았다.

불완전한 해탈

❀ ❀ ❀

그러던 중 큰 싸움이 일어났다. 그때 우리는 지방에 잠시 내려가 계시던 시어머니를 방문할 계획이었다. 그런데 남편이 갑작스러운 말을 했다. 어머님과 점심식사를 한 후에 친구를 만나겠다는 것이었다. 보고 싶은 친구와 술 한잔 마시면 헛헛한 마음이 조금쯤 채워지지 않을까 생각한 모양이다.

남편이 제시한 새 일정이 내 심기를 건드렸다. 어머님과 식사를 한 후 인근 도시로 넘어가, 자신을 내려주고 나 혼자 그 길로 다시 서울로 올라오라니.

"올 때는 어떻게 하려고?"

"나는 석이 집에서 잘 거야."

"뭐? 거기가 어디라고 당신이 거기서 잔다는 거야?"

불쑥 목소리가 높아지고 말았다. 나는 그 한마디를 들으니 열 가지도 넘는 생각이 드는데, 당신은 뭐가 그리 간단해? 아내와 자식들이 있는 친구 집에서 술을 먹고 하룻밤 잔다는 것도 민폐지만, 제집에서도 활동이 자유롭지 못한 사람이 어떻게 남의 집에 가서 잘 생각을 하는 것인지. 남편의 대책 없음에 짜증이 확 일었다. 물론 친구가 그러라고 했겠지. 그렇다고 그 제안을 그렇게 덥석 무나, 이 사람아? 속에서 한숨이 연이어 터져 나왔다.

"그럼 석이 와이프랑 당신은 따로 저녁 먹으면 어때? 밤에 같이 올라오게."

첫 번째 제안에서 이미 기분이 상한 뒤라 그랬을까. 두 번째 제안은 더 어처구니가 없게 느껴졌다.

"당신들끼리 친구지, 나랑 석이 씨 와이프가 친구는 아니잖아. 늘 이런 식이지. 내 입장은 전혀 생각 안 해?"

평소 같으면 이 정도 까탈쯤은 대수롭지 않게 받아쳤을 남편이다. 하지만 그날은 달랐다. 불같이 화를 내며 골방으로 팽 하니 들어가 버리는 게 아닌가. 그러곤 잠시 후 다시 씩씩거리며 나와서 느닷없는 울분을 터트리기 시작했다.

"내가 뭘 그리 잘못했냐? 그게 정말 그렇게 말도 안 되는 얘기냐?"

그래, 그때는 그랬지. 진짜 말도 안 되는 헛소리라고 생각했지. 순간 내 못난 자격지심이 또 발동을 한 것이지. 남편의 친구는 판사이고, 그의 아내는 판사 와이프. 그런 타이틀이 만남의 걸림돌이 되었음을 시인한다.

"남편 친구가 판사면 어떻고, 교수면 또 어때서."

늘 말은 쉽게 하곤 했다. 하지만 막상 그들과 엮인 만남, 특히 아내와 아이들까지 함께해야 할 자리가 생기면 나는 무조건 피하는 쪽을 택했다. 공유할 수 있는 대화거리가 없다는 게 첫 번째 이유였지만, 어쩌면 그보다 더 중요한 이유는 내 삶을 대변하는 초라한 행색 때문이었는지도 모르겠다.

물 빠진 청바지에 목 늘어난 티셔츠, 낡은 운동화 차림의 내 모습과 윤택해 보이는 그녀들의 모습이 저절로 한 화면에 담겨 떠올랐다. 애써 꾹꾹 누르고 있던 나의 불안한 현실이 우르르 튀어나올까 두려웠다. 그 현실이, 뻥튀기 기계에서 예고 없이 터져 나오는 강냉이처럼 사방으로 흩어져 나의 일상을 어지럽힐까 지레 겁을 먹었다.

지금도 내 나이 또래의 여자들을 만나다 보면 가끔 이런 기분이 든다. 나라는 사람은 지난 십수 년간 무슨 감옥 같은 곳에 갇혀 있다가 나온 것 같다고. 그들에게는 다 키워놓은 자식이 있고, 든든하게 집안 경제를 이끌어주는 남편이 있

고, 어느 정도 대비된 미래 계획도 있고, 철마다 옮기지 않아
도 되는 자기 집도 있을 것이다. 적어도 월세살이는 아니겠지.

　죄를 짓지 않았더라도 누군가에게는 인생 그 자체가 크나
큰 형벌이다. 언제쯤 이런 감정으로부터 자유로워질 수 있을
까. 실제로 많은 걸 체념했고 내려놓았고 또 받아들였다. 동
생 집에서 더부살이를 하는 것에서부터 남편의 장애가 곧 내
장애인 것마냥 삶이 덩달아 한없이 움츠러드는 것, 극도로
소비를 자제하며 사는 것까지. 이젠 그런 것들이 나의 일상
을 크게 흔들지 못한다. 잘난 사람들, 가진 사람들과 비교하
지 않고 나는 나대로 당당할 수 있다.

　하지만 이건 나 혼자, 비교 대상이 되는 사람들과 섞이지
않고 오롯이 홀로 생활할 때만 가능한 일종의 불완전한 해
탈이었던 모양이다.

부디 그렇게만 있어줘

❋ ❋ ❋

　"내가 먼저 너를 떠나겠다고 말하지 못하는 게 구질구질

하다. 네가 무슨 죄냐. 꽃처럼 예뻤던 너인데…….”

우리는 그날 아무 말 없이 서로의 손을 잡고 울었다. 서로를 안쓰러워하며 꺼이꺼이 그렇게 목을 놓아 울었다. 미안해. 괜한 투정 부려서 내가 미안해. 석이 씨 부부 너무 소탈하고 좋은 분들인 거 잘 알고 있어. 내가 괜한 까탈을 부렸어. 내가 괜한 트집을 잡았어.

그날 이후 우리는 더 많이 집 밖을 나서게 되었다. 남편의 눈이 아직 완전히 멀지 않았을 때 부지런히 돌아다니자. 막연하게 생각만 하고 있던 염원을 실천에 옮긴 것이다.

“자기야, 우리도 한번 그렇게 좀 살아보자. 돈 걱정 하지 말고 맛있는 거 많이 사 먹으면서.”

“지금도 충분히 그렇게 살고 있거든요? 삼식이 씨라 먹는 거 하나는 기똥차게 챙겨 드시고 계시면서 뭘!”

이틀거리로 밖에 나가 돌아다니며 맛있는 걸 사 먹은 덕분인지 남편은 금세 활력을 찾았다.

“자기야, 아무래도 녹음기를 하나 사야 할까 부다.”

남편이 뜬금없는 말을 했다.

“녹음기는 갑자기 왜?”

"지금부터 계단 오르기 시작입니다! 전방 1미터 앞에서 인도 끊김! 요런 거 미리 녹음해놓으면 자기가 편하잖아."

"그걸 상황에 맞게 재생시키는 게 더 일이겠다!"

"난 자기가 입으로 내비게이션 하느라 힘들까 봐 그러지."

하여간 말로는 천하의 애처가가 따로 없지.

식당에서 밥 먹을 일이 거의 없던 일상이라 우리는 짜장면 한 그릇, 백반 한 상에도 감격했다. 왜 진작 이렇게 살지 못했을까. 전전긍긍 아낀다고 월세 인생이 전세 인생으로 역전되는 것도 아닌데.

오랜 세월 가난의 굴레에 갇혀 살다 보니 유독 나에게 더 인색하게 굴었다. 집안 대소사를 빠짐없이 챙기고, 두 개를 얻어먹으면 적어도 하나는 갚고, 손해를 볼지언정 탐욕을 부리지 않고 살아왔다. 그러면서 왜 나에게만은 그토록 인색했을까. 내 몫의 옷과 화장품을 사지 않은 지 오 년도 더 넘은 것 같다. 함께 사는 동생이 있어 가능한 일이었다. 나누어주기 좋아하는 언니도 있어 공으로 얻어 쓰는 게 참 많았다.

돈 쓰는 재미가 이리도 좋은 것이었던가. 밖에 나가서 나를 위해 일이만 원 쓰는 재미가 이리도 쏠쏠한 줄 미처 몰랐었다. 무엇보다 먹는 것에서 큰 만족을 느끼는 우리 부부에게 이만큼 행복감을 주는 일도 없는 것 같았다. 이제는 다른 누구보다 우리를 위해 조금만 더 쓰면서 살기로 했다. 우리는 그렇게 또 다른 행복을 찾아 서로를 위로했다.

남편은 요즘 슬슬 예전의 모습으로 돌아가고 있는 중이다. 철없고, 속없고, 꼴 보기 싫을 만큼 해맑던 그 모습으로.

그래, 이제 당신의 그런 모습이 좋아. 꼴 보기 싫어하지 않을 테니 영원히 철부지 남편으로 남아줘. 내가 맛난 거 많이 해줄 테니까. 틈나는 대로 당신과 손 꼭 붙잡고 나들이 다닐 테니까. 더는 바라지 않을게. 더는 벗어나겠다 발버둥 치지 않을게. 이대로 나에게 주어진 인생을 묵묵히 살아낼게. 그러니 당신도 당신의 소임을 다해줘. 부디 그렇게만 있어줘.

효리처럼

살고 싶어

어쩌면 이 책은 가난한 학생들을 위하여 특별히 쓰였다고 해도 좋을 것이다. 그 밖의 독자들은 자신에게 해당되는 대목만 받아들이면 되리라. 옷을 입을 때 솔기를 늘여가면서까지 맞지 않는 옷을 억지로 입는 사람은 없을 것이다. 옷은 그 옷이 맞는 사람에게나 제구실을 할 테니까 말이다.

『월든』

몇 해 전, 나는 TV 프로그램 〈효리네 민박〉에 푹 빠져 지냈다. 많이 아팠던 때였고 그 프로그램을 보는 게 일상의 유일한 낙이었다.

당시 매일 퇴근 무렵이면 배터리가 90퍼센트 이상 소진된 몸을 이끌고 집으로 돌아왔다. 정신은 반쯤 나가 있고, 입안에서는 쓴 내가 나고, 풀려버린 발은 자꾸만 허방을 짚었다. 밥을 넘길 기력도 없었지만 뭐라도 먹어야 기운을 차리니 꾸역꾸역 음식을 목구멍으로 밀어 넣었다.

그러고 나서는 곧장 소파로 향했다. 몸은 그대로 곯아떨어지길 원했으나 매번 남편이 나를 TV 앞으로 이끌었다. 소화라도 시키고 자라는 뜻이었다. 그의 서툰 설거지 소리를 들으며 반쯤 드러누운 상태로 TV를 봤다.

그때는 TV를 봐도 보는 게 아니었다. 그저 화면에 눈을 대고 멍하니 누워 있었다고 해야 맞을 것이다. 그 어떤 볼거리도 내 눈길을 사로잡지 못했다. 그러다가 우연히 〈효리네 민박〉 재방송을 보았고, 그 후론 나도 모르게 깊게 몰입하게 되었다. 몸은 내 집 소파에 붙들려 있으면서도 마음만은 온통 TV 속 세상에 가 있었다.

이효리 씨가 사는 모습은, 마치 내가 꿈꾸는 삶의 집약체처럼 보였다. 제주도의 한적한 마을에서 남편이랑 반려동물들과 평화롭게 살아가는 모습이 참 부러웠다. 모든 근심, 욕망을 다 내려놓고 자연과 어우러져 사는 그곳이 내가 꿈꾸던 유토피아처럼 느껴졌다. 그녀의 삶을 보며 순간순간 힐링했

고, 또 한편으론 그런 삶을 가질 수 없음을 알면서도 깊이 갈
망했다.

베란다에서 찾은 유토피아

❀ ❀ ❀

'나도 효리처럼 살고 싶어.'

집값이 싼 시골에 내려가 저렇게 살 순 없을까? 나는 많은
걸 원하지 않아. 돈 걱정 없이 사는 그녀를, 크고 좋은 집에
서 누리는 생활을, 다정한 호위무사 같은 그녀의 남편을 부
러워하는 게 아니라고. 그저 모든 것 다 내려놓고 평화롭게
살고 싶은 마음뿐이야.

방 한 칸짜리 시골집 하나 구할 돈도 없으면서 허구한 날
그 생각뿐이었다. 하루에도 여러 번 머릿속으로 그려보고 지
운 집이 몇백 채가 넘었다. 결단코 실현될 수 없다는 것을 알
면서도 나의 부질없는 열망은 계속되었다.

그러던 어느 날, 환기를 위해 베란다 창문을 열다가 한동
안 붙박인 듯 서 있었다. 늘 무심코 지나쳤던 풍경이 눈길을

사로잡았다. 녹음이 무성해지는 6월의 아침이었을 것이다. 상쾌한 바람을 맞으며 창가에 서서 꽤 오랫동안 밖을 내다봤던 것 같다.

싱그러운 나무들, 쉴 새 없이 울어대는 새들, 주차장을 줄지어 빠져나가는 차들, 바쁘게 출근길을 재촉하는 사람들. 그 모든 모습이 내가 선 자리에서는 그저 평화롭고 평온하게만 비쳤다. 아니, 그런 풍경을 바라보고 있는 내 마음이 편안하게 가라앉는 걸 느꼈다.

다음 날부터 아침에 일어나면 곧장 베란다로 나갔다. 낡고 정돈되지 않은 집이었지만 작은 담요 하나 깔 자리는 있었다. 가부좌를 틀고 앉아 마치 명상을 하듯 따뜻한 차를 홀짝였다. 내 다리 위로 올라온 반려견 까꿍이와 함께 질릴 때까지 창밖 풍경을 내려다보았다. 그러다 보면 어느새 마음이 차분해졌고, 밥을 먹어야겠다는 생각이 들었고, 빨래를 해야 한다는 책무가 떠올랐고, 출근 준비를 위한 기운을 낼 수 있었다.

본질은 간소한 삶이다

❋ ❋ ❋

이효리 씨가 가진 느긋함은 어디에서 온 것일까. 경제적인 여유에서 비롯된 생활과 환경의 안정이 선행되어야만 가질 수 있는 것 아니던가? 이효리 씨 본인조차 그렇게 얘기하는 걸 들었다. 경제적인 뒷받침이 되지 않는다면 이런 생활을 할 수 없다고.

그녀처럼 살고 싶어서 애가 달았던 마음은 내 처지에서는 욕심이었다. 입으론 아무것도 바라지 않는다, 다 내려놓고 싶다고 말하고 있었지만 더 가지고 싶고 더 소유하고 싶은 욕망에 불과했는지도 모른다. 결국 경제적인 여유를 바탕으로 한 생활의 편리를 바랐던 것은 아니었을까.

조건에 기준을 맞추기 전에 보다 본질적인 것에 초점을 맞춰야 한다. 이효리 씨는 지금도 충분히 화려하다면 화려한 삶을 살고 있다. 하지만 그녀의 기준으로 보자면 많은 걸 버리고 비운 것도 사실이다. 유명 연예인으로서의 삶을 내려놓고 단조로우면서도 간소한 삶을 택했다. 그러니 단순히 제주도의 푸른 바다, 살뜰한 남편, 여유로운 전원생활에 기준을 맞추면 안 되는 것이다. 그러니까 각자 자신이 처한 상황 속에서 느리게 살기. 간소하게 살기.

누구나 이효리 씨처럼 살 순 없다. 하지만 누구나 그녀처럼 생각할 순 있다. 또한 누구나 그녀처럼 살 필요는 없다. 하지만 자유로워지고 싶다면 그녀처럼 생각하는 걸 두려워하지 말아야 한다.

어쩌면 열망과 욕심도 한순간이다. 이효리 씨처럼 살고 싶다는 내 바람은 그렇게 시간이 지나자 자연스레 수그러들었다. 그녀가 자신의 집 너른 마당에 앉아 차를 마시듯 나도 내 집 베란다에 앉아 차를 마시며 보내는 시간이 꽤 좋았다.

나는 '효리처럼'을 갈망했으나 환경적 제약이 있음에 낙담했다. 하지만 그 덕분에 허름한 베란다에 앉아 아파트 단지를 내려다보는 것으로도 마음이 편안해지는 경험을 했다. 한 달간의 '베란다 체험'으로 열망이 어느 정도 충족이 되었다.

욕심은 시간이 흐를수록 옅어지고 시들해진다. 바라는 것이 내 것이 될 수 없음을 더 깊이 깨닫고 받아들이게 된다. 일종의 체념과 타협. 자의에 의한 것이든 타의에 의한 것이든 시간이 지나면 사라지는 게 욕심이다. 열망이 사라진 자리엔 깊은 상실감과 허탈함이 남기도 한다. 하지만 그런 과정을 통해 또 한층 본질에 가까워질 수 있다. 내가 꿈꾸는 삶과 내가 살아내야 하는 삶 사이의 간극을, 아프지만 그렇게 조금씩 좁혀나갈 수 있는 것이다.

시간이 지나면 사라질 욕심과 열망으로 우리는 늘 고통받는다. 욕심의 가짓수가 너무 많기 때문은 아닐까. 순간의 열망에 사로잡혀 너무 과하게 마음을 빼앗기기 때문은 아닐까. 자고 일어나면 하나둘 고개를 드는 봄날의 새순처럼 우리 마음속 욕심은 지금 이 순간에도 끝없이 피어난다.

어쩌면 욕심의 가짓수를 늘리지 않는 것만으로도 마음이 평화로워질 수 있지 않을까. 순간적인 열망에 너무 마음을 빼앗기지 않는 것만으로도 평온한 일상을 살아갈 수 있을지도.

가난한 사람은
자유를 모른다

"극빈하고 배운 게 없는 사람은 자유가 뭔지도 몰라. 배부른 자들만 자유를 안다."

별 시답지 않은 말이라고 생각했다. 처음엔 가볍게 콧방귀를 뀌며 비웃어주었다. 부와 권력을 가진 자들의 궤변을 한두 번 들은 것도 아니었으므로. 하지만 가벼이 웃어넘기려던 입꼬리가 끝내 바르르 떨렸던 이유는 무엇이었을까? 정곡을 찔린 듯 갑자기 호흡이 '흡' 하고 멈춰진 이유는 또 무엇이었을까?

그 사람의 말은 맞는다.

가난하면 자유를 모른다. 그런 걸 느낄 겨를이 없다.

그 사람의 말은 틀리다.

가난하다고 자유의 필요성까지 모르는 건 아니다. 오히려 더 깊이 갈망한다.

나는 늘 자유로워지고 싶었다. 어느 것에도 얽매이지 않는 몸의 자유, 생각의 자유를 원했다. 하루에도 수십 번씩 목구멍에 솜뭉치를 쑤셔 넣은 듯 숨이 턱턱 막혀오고, 온갖 번뇌로 머릿속이 들끓을 때면 간절히 바라곤 했다. 차라리 절에 들어가 수도자 생활을 하는 게 낫겠다는 열망이 불쑥불쑥 고개를 들었다. 물론 그저 공허한 생각뿐이었지만 그만큼 해탈을 절절히 소망했다.

그럴수록 여행의 필요성을, 사람들이 여행에 열광하는 이유를 알 것도 같았다. 사실 신혼여행 이후 제대로 된 여행을 해본 적이 없으므로 나는 여행의 맛을 느낄 겨를도 없었다. 말하자면 '극빈한 사람은 여행의 맛이 뭔지도 몰라'였다. 잠시나마 일상을 벗어난 활동이 삶의 지속성을 견고하게 해주는 윤활제가 된다는 것을 어렴풋이 알면서도 모른 체하며 살 수밖에 없었다.

떠나고 싶어도 떠날 수 없는 현실

※ ※ ※

그즈음 잠시 어디론가 훌쩍 떠날 수 있는 기회가 두 번이나 주어졌다. 친한 지인들과의 만남을 위해 낯선 도시로 갈 예정이 있었고, 자매들과의 여행 계획도 있었다. 그런데 어쩌면 나는 함께할 수 없을지도 모른다고 일찌감치 양측에 밝혀놓았다. 늘 그렇듯 이런저런 복잡한 생각에 휩싸여 홀가분하게 떠날 수 없을 것 같았다.

여행 며칠 전 공교롭게도 집 안에서 작은 화재 사고가 일어났다. 우리는 지은 지 삼십 년이 넘은 오래된 아파트에 살고 있다. 그 세월 동안 이 집은 수리를 전혀 하지 않아 새시가 무척 헐겁다. 그래서인지 외풍이 심하다 못해 끔찍할 정도여서, 방마다 작은 난로를 하나씩 구비하여 매년 겨울을 나던 참이었다.

복도 쪽 방은 말 그대로 냉골이 따로 없어서 한겨울에는 그곳에 들어서기만 해도 오싹할 지경이다. 하지만 거실 방이 너무 비좁아 두 사람이 함께 잘 수도 없는 상황이라 남편 혼자 그 추운 곳에서 잠을 잤다.

불은 그 방에서 났다. 남편이 덮고 자던 이불에 난롯불이 옮아 붙은 것이다. 남편은 잠결이라 처음에는 잘 느끼지 못했지만 그래도 금세 눈치를 챘던 모양이다. 자기 딴엔 보이지 않는 눈으로 더듬거리며 불을 꺼보려다 손에 작은 화상을 입고 말았다. 잠귀가 밝은 내가 얼른 깨서 뒷수습을 하지 않았더라면 제법 큰불로 번졌을 것이다.

왜 나를 곧바로 깨우지 않았느냐는 다그침에 남편은 그저 민망한 듯 웃기만 했다. 그 웃음이 무슨 의미인지 나는 안다. 지키고 싶은 자존심, 미안함, 두려움 등이 섞인 표정. 앞으로 혼자서 해결할 수 없는 일 천지가 되더라도, 아직은 혼자서 해결해보고 싶은 마음이 우선으로 드는 것일 테다.

우려가 현실이 되는 상황을 마주하니 순간적으로 마음이 폭삭 주저앉아 버렸다. 그렇지 않아도 그를 집에 혼자 두는 일이 갈수록 불안하기만 했다. 혹시 컵을 깨뜨리지는 않을까, 라면이라도 끓여 먹으려고 하다가 불을 내지는 않을까, 잃어버린 물건을 찾지 못해 식은땀을 뻘뻘 흘리지는 않을까, 까꿍이 화장실을 치우려다가 집 안 여기저기에 오히려 개똥칠을 해놓지는 않을까……. 별의별 걱정이 다 앞섰다. 그래서 언젠가부터 나는 나만의 시간을 더 갖지 못하고 그에게 붙들려 있던 실정이었다.

남편의 손에 난 화상 자국에 연고를 발라주며 표가 나지 않게 가녀린 한숨을 내쉬었다.

"이제부터는 무조건 나를 불러. 바로 옆에 있는데 왜 혼자서 그랬어? 내가 있는데."

하필 여행을 가기로 한 전날에는 까꿍이 녀석까지 갑자기 탈이 나서 동물병원 응급실을 다녀왔다. 배 속에서 꼬르륵 소리가 너무 심하게 난다 싶더니 저녁에 갑자기 설사와 함께 혈변을 봤다. 깜짝 놀라 곧바로 근처에 있는 동물 메디컬센터로 향했다. 결론은 장염이었다.

검사만 네 가지를 하고, 수액을 맞히고, 약을 처방받고, 처방식 사료를 구입했더니 이십만 원 가까이 되는 금액이 청구되었다. 야간진료라 할증까지 붙어서 더 비쌌다. 까꿍이의 갑작스러운 병원행만 아니었다면 나는 자매들의 성화에 못 이겨서라도 바닷가로 훌쩍 떠났을 것이다.

다음 날, 병원에 다녀왔다고 내 무릎에서 좀처럼 떨어질 생각을 하지 않는 까꿍이를 꼭 끌어안았다.

"괜찮아, 엄마 여기 있잖아. 엄마 어디 안 가고 까꿍이 옆에 있잖아."

그 시각 강릉에 도착한 언니와 동생이 사진과 동영상을 보냈다. 지인들 역시 며칠 전 잘 만나서 밥 먹고 얘기 나눴다며 인증 사진을 보내왔다. 내가 함께할 수도 있었던 두 여행의 모습들을 보면서도 이상하게 아쉽다는 생각은 들지 않았다.

내게는 먼 현실이라는 생각이 들어서였을까? 아니면 별일이 있을 뻔했지만 그나마 이 정도로 마무리된 것에 감사해서였을까? 더 이상 설사를 하지 않는 까꿍이를 지켜보며 그날 저녁 남편과 값싼 캔 맥주를 부은 컵을 부딪쳤다. 안주는 볶은 멸치만으로도 충분했다.

나처럼, 나로서, 나답게 살도록

❃ ❃ ❃

내 발목에 채워진 족쇄는 나 스스로 채운 것이다. 누구도 강요하지 않았다. 떠날 수 있음에도 떠나지 않는 건 결국 내 마음이 시켜서 하는 일이다.

"상대가 나를 배신하지 않으면 나도 상대를 떠나지 않는다. 이 가치를 훼손하면 무슨 큰일이라도 나는 듯이 군 것도 바로 너였잖아."

그날도 이런저런 혼잣말로 마음을 다독였다. 이제 바보 같다고, 미련하다고 스스로를 비난하지 않는다. 단지 나는 아직도 받아들임의 과정 속에 있고, 여전히 불안정한 기류에 잠시 몸을 휘청일 때가 있을 뿐이다.

가난한 사람은 자유를 모르지 않는다. 자유가 불필요하다고 느끼지도 않는다.

그저 인내할 뿐이다. 우리에겐 자유보다 더 큰 현실의 무게가 있고, 그 초라한 현실이나마 지키기 위해 고군분투하는 하루하루가 다람쥐 쳇바퀴처럼 돌아간다. 쳇바퀴를 멈추면 간신히 붙잡고 있는 현실도 함께 멈춰버릴까 겁이 나서 감히 용기를 낼 수 없는 것이다.

우리는 자유를 모르지 않는다. 누려보지 못했다고 필요하지 않은 것도 아니다. 손에 잡히지 않는 저 먼 곳의 무지개처럼 그저 갈망하며 바라볼 뿐이다. 때론 무심하고 초연하게, 때론 시기하고 애달파하며, 타오르는 갈망을 마음속의 깊고 어두운 곳으로 꾸역꾸역 밀어 넣으며.

하지만 무지개도 먼 곳에만 존재하는 것은 아닐 테지. 화려하고 선명한 무지개만 무지개라고 생각하지 않는다면. 그날 저녁 나는 손에 쥔 맥주 컵 안에서 희미한 무지개를 만났다. 비록 목구멍 안으로 단숨에 사라져버렸지만, 그것은 걱정과 불안을 유예해주고 느슨해진 다짐을 다시 강하게 조여주는 그런 순간의 반짝임을 분명 내게 보여주었다.

나는 나만의 자유를 찾으리라. 이 세상 모든 것이 다 똑같지 않을진대, 자유의 형태라고 똑같이 주어질 수가 있겠는가.

나는 남들과 달라.

이 말을 한 천 번쯤 되뇌어야 비로소 완전한 언행일치를 이룰 수 있을까?

한 만 번쯤 가슴에 아로새기면 비로소 깊은 각인이 될 수 있을까?

나는 남들과 달라.

또 한 번 주문처럼 외우고 하루를 시작해본다. 나처럼, 나로서, 나답게, 세상을 살아갈 수 있도록 마음의 내력을 더 단단히 해야겠다는 다짐도 함께 한다. 늘 그렇듯 내일이면 다시 속절없이 무너져버리더라도.

화병의 치료법은
화를 안 내는 것

"화병이에요. 다른 분들에 비해 빨리 온 편이네요."

자율신경 실조증이라는 병명을 알지 못해 답답했던 시절, 여러 군데 병원 쇼핑을 다닌 끝에 유명하다는 한의원을 찾았다. 한의사는 먼저 진맥을 짚어보고 또 여러 가지 문진을 한 다음 이렇게 진단을 내렸다. 나이 마흔을 갓 넘긴 여자에게 화병이라니.

한의사의 말에 언니와 동생은 100퍼센트 수긍하는 반응이었고, 반면에 시어머니와 남편은 돌팔이 아니냐는 분위기였다. 남편은 시어머니의 성격을 그대로 빼닮았다. 초긍정주의. 달리 말하면 현실 회피형.

'진짜로 몰라서 저러는 거야?'

시어머니와 남편의 반응을 보며 속으로 억하심정이 들기

도 했다.

하지만 내가 곰곰이 생각해봐도 참으로 쉬운 처방이 아닐 수 없었다. 그렇게 따지면 원인 모를 병을 앓고 있는 사오십 대 여자들은 모두 화병이란 말인가?

그 후 가족들은 경쟁하듯 비싼 한약과 공진단 등을 지속적으로 조달해줬다. 특히 언니와 동생의 지원이 컸다. 그래도 병의 차도는 없었다. 화병이라는 진단이 맞는지 틀리는지를 떠나서, 과연 화병이라는 것을 약으로 치료할 수 있는지에 대한 의구심이 들었다.

여하튼 화는 묻어둔다고 없어지는 게 아니란 것만은 확실하다. 화라는 것은 마음속에 깊이 뿌리내릴수록 하나둘 독버섯을 싹 틔워 몸과 정신을 병들게 한다. 나는 언제부턴가 화를 마음껏 분출하기 시작했다. 욕쟁이 할머니의 마음을 너무 잘 이해하겠다는 듯이. 그녀들도 처음부터 욕쟁이로 태어나지는 않았을 것이다. 고운 말을 하고, 수줍게 웃고, 고함치듯 얘기하지 않아도 되는 그런 시절이 그녀들에게도 분명 있었겠지.

내 안에 활화산의 마그마처럼 가득 쌓인 화를 조곤조곤한

말로는 도저히 풀어낼 수 없을 때가 있다. 금방이라도 타버릴 듯한 뜨거운 덩어리를 어떻게 그런 고운 것들로 감싸 내보낼 수 있을까? 마음속에서 들끓는 감정을 드러내지 않고 애써 평온한 척하기란 쉬운 일이 아니다.

과자 몇 조각에 폭탄처럼 터져 나온 화

❀ ❀ ❀

어느 날 남편이 오랜만에 친구들과 밖에서 술자리를 가졌다. 고맙게도 친구들이 번갈아가며 데리러 오고 또 데려다주는 덕에 이동에 대한 걱정은 하지 않아도 되었다. 하지만 언제나 그렇듯 물가에 어린애 내놓은 것마냥 이런저런 걱정이 안 생길 수는 없었다. 여전히 나는 밤 10시만 되면 배터리가 거의 소진되어 잠자리에 들어야 했다.

"언제 오려나……?"

연신 시계를 들여다보다 설핏 잠이 들었다. 누군가 현관 비밀번호를 잘못 눌러 삑삑대는 소리에 까꿍이가 요란하게 짖었다. 남편이구나 싶어 끙 힘겹게 몸을 일으킨 뒤 문을 열

어줬다. 한눈에도 술이 많이 취한 모습이었다.

"정식이가 엘리베이터 앞까지 데려다줬어."

묻지도 않았는데 남편은 어떻게 집까지 무사히 왔는지 주절거렸다. 그러면서 가방에서 주섬주섬 무언가를 꺼내놓았다. 옆으로 배가 갈라진 과자봉지. 그걸 그대로 가방에 집어넣었다 꺼낸 탓에 가방 안은 물론이고 온 집 안에 과자 부스러기가 날렸다.

"술버릇 좀 고치라고 그랬지! 거지도 아닌데 왜 자꾸 이런 걸 챙겨오느냐 말이야!"

무지막지한 말을 퍼붓는데도 남편은 게슴츠레한 눈만 연신 끔뻑거렸다. 술이 취한 상태에서도 마누라의 기세가 심상치 않아 보였던 모양이다.

"그렇지 않아도 개미 때문에 노이로제에 걸릴 지경인데 또 이렇게 난장판을 만들어?"

오래되고 수리가 되지 않은 집이라 좀처럼 퇴치되지 않는 온갖 벌레와 지겹도록 싸우고 있는 중이었다. 보이지 않는 눈으로 더듬어 과자봉지를 챙기는 남편을 보며 친구들이 속으로 비웃지는 않았을까 괜한 염려까지 겹쳤다. 있는 대로

골이 나 남편에게 연이어 따발총을 쏘아대며 바닥을 대충 손으로 쓸고 과자봉지는 비닐로 꽁꽁 동여매 식탁 한쪽으로 내동댕이쳤다. 그리고 골방으로 쌩하니 들어갔다.

방으로 들어온 지 채 3초도 안 되어 곧바로 이상 증세가 몰려왔다. 손발이 사시나무 떨리듯 벌벌 떨리고 지독한 숙취에 시달리는 사람처럼 머릿골이 당겼다. 갑작스러운 화의 분출에 몸속 자율신경이 또 이상 반응을 나타낸 것이다. 얄궂게도 심장마저 벌렁대서 밤새 잠을 이룰 수 없었다.

다음 날 아침, 떼꾼한 눈으로 일어나 과자봉지를 다시 열어보다가 나도 모르게 헛웃음을 지었다. '오징어땅콩'이라는 이름의 과자봉지 안에 낯선 과자가 들어 있었던 것이다. 이 과자의 정체는 도대체 무엇일까 싶어 골똘히 살펴보기까지 했다. 아무래도 편의점 앞에서 모임을 파했나 보네. 그때가 이미 4차는 됐었겠지? 머릿속으로 지난밤 남편의 동선을 넘겨짚었다.

신혼 시절부터 술 먹은 다음 날 남편의 옷 주머니에서는 별 희한한 것들이 다 나왔다. 육포가 발견될 때도 있었고 멸

치가 나올 때도 있었다. 남편은 먹다 남은 치킨이나 오코노미야키 등을 싸달라고 해서 가지고 올 때도 많았다. 술자리가 끝나는 게 아쉬워 남은 안주를 챙겨 그 여세를 집까지 끌고 들어오는 게 아닌가 싶었다.

그런 술버릇이 있는 걸 뻔히 알고 있으면서, 더구나 요즘은 뜸했었는데, 그게 그렇게 화가 날 일이었을까? 먹다 남은 과자 좀 챙겨온 게 뭐 그리 대수라고. 끓어오르는 화를 조절하지 못하고 막말을 퍼부은 나 자신이 한심하게 여겨졌다. 그즈음 들어 욕쟁이 할머니의 '버럭질'이 일상이 되다시피 한 나에게 염증을 느끼고 있었다. 그런데 또 이러고 말다니.

말을 가려 화를 다스리는 법

❋ ❋ ❋

나의 불행은 언제나 내 입에서 시작된다.
사람은 긍정적인 말보다 부정적인 말을
다섯 배 정도 강하게 받아들인다고 한다.

말이라는 것은 그저 되는대로 문법과

어순에 맞춰 사용해서는 안 된다.

아름다우면서 힘을 지닌 말을 하려면 여러 번

다듬어서 내봐야 한다.

『오늘도 나는 너의 눈치를 살핀다』

　나는 언제부턴가 남편이 외출하는 게 싫었다. 워낙 활동적인 성격이라 그는 자신의 눈 상태와 상관없이 활발하게 사회생활을 했다. 그 뒤에는 항상 내가 있었다.

　남편의 외부활동을 100퍼센트 지원한 건 아니었지만 언제나 운전은 나의 몫, 준비물을 챙기는 것도 나의 몫, 자질구레한 일을 처리하는 것 역시 나의 몫이었다. 집에서뿐만 아니라 밖에서까지 그의 손발이 되어 함께 움직여야 하는 게 여러모로 벅찼다.

　나는 친구들과 담쌓고 사는데 당신은 뭐가 그리 좋아서 맨날 친구들을 만나러 다니고 온갖 주변 사람을 챙기느냐며 속으로 원망도 참 많이 했다. 그래서 남편이 밖에 나가는 걸 더

달가워하지 않았다. 당신도 나처럼 집에 틀어박혀야 한다고 은연중에 압박을 가했다.

시각장애인이니까, 남들 도움을 받아가며 활동해야 하는 사람이니까. 남편이 집 안에만 있어야 한다고 여긴 내 생각은 무례하기 짝이 없는 것이었다. 가장 가까이에 있는 아내라는 사람조차 이런 편협한 마음으로 바라보는데 뭇사람들의 편견과 냉대를 탓해 무엇하리.

"언니는 늘 잘하면서 한 번씩 말로 다 까먹어서 문제야."

우리 부부를 늘 근거리에서 지켜보는 동생의 말이다. 그날 밤도 순간적으로 끓어오르는 화를 주체하지 못해 그동안의 공을 말로 다 까먹은 셈이었다. 나 요즘 꽤 착하게 굴었는데. 그토록 크게 화를 낸 건 정말 몇 년 만에 처음인 것 같은데.

지난밤의 일을 기억하는지 못하는지, 자는 척하는 그에게 다소 심통 부리듯 물었다.

"해장국으로 뭐 끓여줄까?"

남편은 금세 환해진 표정을 지으며 라면이 먹고 싶다고 했다. 가스 불에 라면 물을 올린 다음, 전날 저녁에 미리 끓여

둔 헛개나무 차에 얼음을 동동 띄워 건넸다. 그가 황공한 듯 받아 마셨다. 그 모습을 보니 빈속에 매운 떡볶이 국물이라도 한 사발 들이켠 듯 속이 아려왔다. 모질게 뿌리치고 미워할 수도 없으면서 왜 있는 대로 골을 냈는지.

한순간에 폭발한 화가 내 몸에 미친 여파도 만만치 않았다. 하루 종일 기력이 없고 머리는 무겁고 극심한 피로에 시달려야 했다. 만약 내가 가진 질환의 또 다른 이름이 '화병'이 맞는다면, 나는 절대로 화를 내서는 안 된다는 걸 새삼 깨달았다.

어쩌겠는가. 이런 나 그리고 저런 남편을 받아들이고 살아야 하는데. 그날도 언제나처럼 똑같은 다짐을 되뇌었다. 화를 다스리는 법을 배우고, 아무쪼록 마음을 편안하게 유지하는 것만이 내가 살길이라고.

우리는

피터팬 부부

남편이 가진 무한 긍정성은 종종 심한 짜증을 유발하기도 한다. 좋지 않은 내 심리 상태와 맞물리면 그것은 철없음, 속없음으로 비치기 때문이다. 그래서 예전에 나는 그에게 '삼단 고음' 비스름한 '삼단 화법'을 자주 발사하곤 했다.

　처음엔, 짜증이 나기 시작하지만 가까스로 참는다는 투로 "자기야~."

　두 번째엔, '슬슬 올라오니까 이제 그만하지?' 하는 투로 "자기야?"

　세 번째엔, '기어이 육두문자를 들어보겠다는 거야?' 하고 잔뜩 열이 뻗쳐 "자기야!!"

　최근 몇 년간 이런 삼단 화법 사용은 자연스레 줄어들었다. 남편의 천성이 바뀌었을 리는 없고, 내 마음이 많이 평온해진 덕분이라고 할 수 있겠다. 그런데 얼마 전 아주 제대로 삼단 화법을 날릴 만한 일이 있었다.

골방에 있던 나는 대추차를 따뜻하게 데워 먹을 요량으로 부엌으로 나섰다. 몸이 아프지 않거나 시간이 될 때면 골방에 들어가 소설을 쓰곤 했는데, 그 방은 추워도 너무 추웠다. 방 벽 전체에 방한용 에어캡을 붙였음에도 불구하고 겨울이면 밀려드는 냉기에 속수무책이었다. 나는 늘 완전 무장을 한 채 그 방에 들어가곤 했다. 방 안에서 내복에 티셔츠에 플리스까지 차곡차곡 껴입기가 웬 말인가.

"어디 따뜻한 카페에라도 가서 써야 하려나."

내가 계속 구시렁거리자 남편이 해맑은 목소리로 말을 보탰다.

"자기 꼭 조앤 롤링 같으다~."

조앤 롤링은 아무나 되나

❀ ❀ ❀

『해리 포터』 시리즈를 쓴 영국 작가 조앤 롤링은 무명 시절 많이 가난해서, 어린아이를 홀로 키우며 정부 보조금으로 생활했다. 살던 집이 너무 추워서 낮이면 유모차를 끌고 근처의 카페로 갔다. 그곳에서 커피 한 잔을 시켜놓고 하루 종일 글을 쓰다가 집으로 돌아왔다. 그녀는 그렇게 에든버러의 작은 카페에서 세기의 작품 『해리 포터』를 집필했다.

'조앤 롤링 같은 소리 하고 있네. 춥고 배고프면 다 조앤 롤링이냐?'

남편의 철없는 농담이 그날따라 왠지 거슬렸다. 첫 번째 "자기야~"가 튀어나올 뻔했지만 그냥 한숨을 한 번 쉬곤 다시 골방으로 들어갔다. 과자와 젤리를 와그작와그작 씹어 먹으며 복잡해지는 마음을 다스렸다.

"나 일 그만두고 싶어."

몇 시간 후, 밥상머리에서 뜬금없이 내가 한 말이다.

남편은 1초도 생각하지 않고 대답했다.

"그래, 너 하고 싶은 대로 해."

매번 이런 식이다. 남편은 매사를 복잡하게 생각하지 않는다. 하지만 그의 입장에서 보자면 딱히 할 말이 없기 때문이기도 할 것 같았다. 어쩌면 진심으로 나의 의견을 존중해서 인지도 몰랐다.

나는 그즈음부터 일을 그만두고 싶다는 생각을 간절하게 하고 있었다. 가진 돈도 한 푼 없다면서, 남편 수입도 곧 끊 긴다면서, 그럼 당신이라도 계속 벌어야 하는 거 아닌가? 어 떤 사람은 이렇게 말할지도 모르겠다. 그렇다. 틀린 말이 아 니다. 그럼에도 난 수시로 직장을 그만둘 꿈을 꾸었다.

몇 년 전 몸이 죽도록 아팠을 때도 매일 울면서 출근을 했 는데, 그때도 관두지 못했던 직장을 왜 하필 지금 그만두려 하느냐고? 정당한 이유 따위를 만들어 다른 사람들을 이해 시킬 생각은 없었다. 혹여 누가 묻거든 톡 쏘듯 대답할 심산 이었다.

"나는 그냥 좀 쉬면 안 돼? 무려 23년 동안 안식년도 없이 일했는데?"

지금이 아니면 평생 쉼 없이 밥벌이를 해야 할 것 같은 막 막함이 오히려 내게 쉼을 더 강력하게 부추겼는지도 모른다.

"근데 내가 쉬면 당장 생활비가 없는데, 그건 어떻게 해?"

어차피 남편에게도 뚜렷한 대안이 없을 테지만 알면서도 괜스레 물었다.

"내가 더 벌면 되지!"

한 치의 망설임도 없이 이렇게 말하는 남편. 두 번째 "자기야?"가 튀어나올 타이밍이었다. 말도 안 되는 허풍 좀 그만 떨라는 모난 소리가 마음속에서 허연 입김처럼 퍼졌다가 사그라졌다. 나는 그냥 힘없이 피식 웃고 말았다. 늘 저렇게 속 없고 철없고 해맑기만 한 게 그의 장점 아니던가. 그 무한 긍정성 말이다.

"당신, 우리가 가진 돈이 얼만 줄은 알아?"

"……."

이번엔 남편이 주춤했다. 못 들은 척 밥만 열심히 우적우적 먹었다.

"지난번에 친정에서 주신 돈 있잖아. 그거 내 통장에 그대로 있어."

"진짜? 빚 갚는 데 쓴 거 아니었어?"

남편이 깜짝 놀라며 물었다. 그해에 평생 구멍가게를 하시던 시골 집터를 팔고 부모님께 돈이 조금 생겼다. 부모님은 그 돈을 자식들에게 조금씩 나눠주셨다. 극구 사양하며 받지 말았어야 했지만 나는 그 돈이 생명줄처럼 여겨졌다. 십 년 넘게 빚을 갚느라 통장 잔고가 0원이던 때였으니 로또보다 더한 로또를 맞은 기분이었다.

"우와, 우리한테 돈이 그렇게나 많이 있었어?"

그 돈을 여태 빚 갚는 데 다 써버린 줄 알았던 남편은 아주 많이 놀라워했다. 예전의 나였다면 당장 마지막 "자기야!!" 를 발사하며 모진 말로 속사포처럼 그에게 총질을 해댔을 것이다.

"가진 돈이 이천만 원뿐이라는데 그게 지금 기뻐할 일이야? 나이가 이제 곧 오십 줄이 다 되어가는데!"

이렇게 있는 대로 쌍심지를 켰을지 모른다. 그런데 나는 그 순간 뭐랄까 '웃픈' 심정이 되었다. 웃기기도 하고 서글프기도 한.

남편은 그 돈이 있으니까 당장 쉬어도 되겠다며 나를 들쑤셨다. 우리 부부는 미래나 노후 같은 개념을 염두에 둘 여력이 없다. 그렇다고 그런 걸 아예 생각하지 않을 수는 없는데,

그는 일체의 복잡한 생각은 뒷전이고 그저 현재의 셈법만으로도 행복하고 즐거운 모양이었다.

맨손으로 바윗덩어리 뒤엎기

❀ ❀ ❀

남편의 모습을 보면 매번 '아기 같다'는 생각을 한다. 철없고 순수한 이십 대 초반의 청년처럼 그렇게. 그 모습을 변치 않고 간직했기 때문에 그가 자신의 운명을 견뎌낼 수 있지 않았을까. 늘 밝고 긍정적인 모습으로 하루하루를 살아낼 수 있지 않았을까.

나도 그 순간만은 잠시 시간을 훌쩍 거슬러 이십 대 초반의 나이로 돌아가 보았다. 내가 이십 대였다면, 추운 골방에서 손을 호호 불어가며 소설을 쓰는 일 자체를 낭만으로 생각했겠지. 미래의 조앤 롤링을 꿈꾸며 오히려 희망에 부풀어 있었을지도. 내가 이십 대였다면, 자기가 더 벌면 된다는 남편의 큰소리에 감동하며 위안을 받았겠지. 우린 아직 젊고 건강하고 시간이 많다고 생각했을 테니까. 내가 이십 대였다면, 가진 돈이 이천만 원뿐이라도 남편처럼 연신 감탄하며 행복해했겠지.

무엇이 문제인가? 그때와 지금은 무엇이 다른가? 나이가 문제일 수도, 주위의 비교 대상들과 너무 동떨어진 삶을 살고 있는 게 문제일 수도 있을 것이다. 그러나 한편으론 그 무엇도 문제가 되지 않을 수 있다.

지난날을 돌이켜보면 우린 어차피 똑같은 현실 속에 놓여 있었다. 아니, 남편이 나보다 훨씬 더 가혹한 상황에 놓여 있었다고 해야 할 것이다. 그럼에도 그는 그 시절을 누구보다 밝고 씩씩하게 보내려고 노력했고, 나는 그렇게 하지 못했다. 죽어라 아파하고 죽어라 고민하느라 아까운 시간을 다 흘려보냈다. 그랬어도 썩 나아지는 건 없었으니, 나도 다시 오지 않을 그 시간을 차라리 조금 더 즐겁게 보냈어야 했다.

생각의 전환.

이것은 거대한 바윗덩어리를 맨손으로 뒤엎는 것처럼 어려운 일이다. 하지만 손바닥을 뒤집듯 쉬운 일일 수도 있을 것이다. 나는 왜 남편처럼 생각할 수 없었을까. 어차피 결과

가 달라지지 않을 거라면 남편처럼 생각하는 것이 오히려 속
편할 텐데. 아직 희망과 열정을 가득 품고 사는 이십 대처럼,
소박하고 부족해도 늘 즐겁기만 한 어린아이들처럼.

　남들과 비교하는 삶, 가난을 비관하는 삶, 주어진 현실을
부정하는 삶은 결국 독으로 다가온다. 더 내려놓는 삶, 겸허
히 받아들이는 삶, 작은 것에 감사할 줄 아는 삶이야말로 행
복으로 이끌어줄 마음의 자세일지도 모른다.

　그래, 우린 영원히 피터팬 부부로 살아가는 거야.

2장

"이제부터 하고 싶은 대로 하고 살 거야."

나에게는 아무것도 하지 않을 자유가 있고
아무것도 하지 않아도
충분히 괜찮을 것이라고 믿고 싶다.

무척 용기가 필요한 일이지만
딱히 용기를 못 낼 이유도 없지 않을까.

자발적인
빈곤

인간생활의 필수품은 식량, 주거 공간, 의복, 연료의
항목으로 정확하게 나눌 수 있겠다.
돈이 지나치게 많은 부유층은 단지 편안할 정도의 따뜻함이
아니라 부자연스러울 정도의 뜨거움 속에 살고 있다.

가장 현명한 사람들은 항상 가난한 사람들보다도
더 간소하고 결핍된 생활을 해왔다.
'자발적인 빈곤'이라는 이름의
유리한 고지에 오르지 않고서는
인간생활의 공정하고도 현명한 관찰자가 될 수 없다.

『월든』

가난의 기준은 무엇일까? 얼마 전부터 자주 생각한다. 나라마다, 사람마다 느끼는 가난의 정도는 각각 다를 것이다. 그래도 기아로 허덕이는 나라, 전쟁이나 독재로 핍박받는 나라의 경우를 제외하곤 그런대로 살아갈 만한 세상이다.

사람들은 습관적으로 "돈이 없다"라는 말을 내뱉는다. 잘 곳이 없는가? 먹을 것이 없는가? 경제활동을 할 능력을 상실했는가? 거의 대부분이 그런 것과는 거리가 먼데도 돈이 없다고 말한다. 모순이며 나약한 엄살이다. 굳이 말해야 한다면 "돈이 부족하다"라고 해야 할 것이다. 집을 사야 하는데 돈이 부족하고, 사업을 해야 하는데 돈이 부족하고, 애들 학원비가 부족하고, 여행 경비가 부족한 것이니까.

나 또한 돈이라면 턱없이 부족한 삶을 살고 있다. 어렸을 때부터 줄곧 부족하기만 했던지라 돈에 대한 갈망이 누구보다 컸다. 돈을 벌기 위해 끊임없이 노동하고 욕망을 품고 좌절했다. 그럼에도 내 곳간은 좀처럼 채워질 기미를 보이지 않았다. 요행을 바라며 복권을 사본 적도 있지만 그런 소망이 이루어질 리 만무했다. 단순히 내 노력만으로는 그리고 운으로도 쉽게 충족되지 않는 것이 돈이었다.

이제야 이해하고 받아들인다. 사람마다 정해진 곳간의 크기가 저마다 다를 수 있다는 것을. 그것은 억지로 늘려지지 않고, 일정한 테두리를 벗어나지 않는다. 흔히 운명이라고 일컫는 신의 영역이든 개인의 노력이나 역량이 만들어낸 결과물이든, 처음부터 타고 태어난 그릇에 차이가 있음에는 틀림없다. 내가 어차피 딱 그만큼의 크기로 살아갈 수밖에 없다는 것을 이제 속 시원하게 수긍한다.

나만의 월든을 위하여

❀ ❀ ❀

이런 사실을 받아들인다고 내가 인생에 패배했다는 의미는 아니다. 이를테면 항복이 아닌 멈춤이다. 오히려 너무 늦지 않게 깨달을 수 있어서 다행이다. 스스로가 기특하게 여겨지기도 한다. 비로소 내 삶의 방향을 찾았으니 이젠 더 잘살아갈 수 있을 거라는 자신감이 생긴다. 여러 가지 이유로 어쩔 수 없는 빈곤의 굴레에 갇혀버렸지만 마음은 오히려 한껏 자유로워진 기분을 느낀다. 이전의 삶이 내 의지와 다르게 흘러갔어도, 이제부터는 내가 하고자 하는 대로 살아낼 수 있을 거라는 믿음이 있어서다.

나는 여전히 부족한 삶을 살아갈 것이다. 하지만 앞으로는 스스로가 원해서, 혹은 필요로 해서 빈곤을 '택하려' 한다. 더 간소해지고 더 소박해지길 두려워하지 않겠다. 부자가 자기 고양적 차원에서 시도하는 검소함을 얘기하는 게 아니다. 빈자의 삶이 더 무너지지 않기 위한 방편을 말하는 것이다.

자발적이지 않은(받아들이지 않는) 빈곤은 인간의 삶을 끝없이 황폐하게 만들 뿐이다. 손에 잡히지 않는 부를 좇으면 모래 먼지 날리는 광활한 사막을 걷는 듯 하루하루가 아득하게만 느껴진다. 자신이 달리는 동안에도 꽃이 피고 계곡물이 흐르고 아름다운 새가 지저귄다는 사실을 인지하지 못한다. 하지만 돈에 대한 태도를 바꾸면 가리어진 눈이 트인다. 똑같은 것을 바라봐도 전과는 다르게 보이고, 다르게 느껴지는 마음의 여유를 가질 수 있다.

"내가 선택하지 않았어도 난 이미 가난한데, 그걸 어떻게 자발적이라고 할 수 있지?"

이렇게 반문하는 사람도 있을 것이다.

중요한 것은 생각의 차이.

똑같은 현실, 변하지 않는 상황이지만 생각의 전환만으로도 충분히 더 나은 삶을 살아갈 수 있다는 것을 말하고 싶다. 나 역시 이제야 비로소 그 차이와 변화에 대해 조금씩 눈을 떠가고 있다. 이런 변화를 기쁘게 받아들이고 있는 중이다.

나만의 월든은, 말 그대로 나 자신만이 만들 수 있다. 호수를 만든다고 해도 꾸준히 가꾸고 맑게 정화해나가지 않으면 금세 탁해질 것이다. 함께하면 덜 외로울 거라고 믿는다. 보이지 않는 곳에서도 서로가 서로를 지켜주고 연대한다면.

어디선가, 누군가 돌무더기뿐인 작은 호수를 가꾸고 있겠지. 황무지 같은 곳이지만 이름 모를 꽃 한 송이라도 피어나길 바라며 값진 땀을 흘리고 있겠지.

"나 여기 있소!"

그런 사람이 바로 나라는 것을 알리고 싶다. 돌멩이들뿐인 자그마한 호수를 자신만의 낙원으로 가꾸며 맑게 정화하고자 하는 사람이 바로 여기 있다고 나직이 말하고 싶다.

나만의
심리상담소

결혼 이후 학원생활 외엔 별다른 대인관계도 없고 SNS 활동도 전무한 나였다. 그래서인지 블로그를 시작하고 이웃들과 소통하게 되자 마치 신세계를 경험하는 듯한 기분이 들었다. 블로그가 너무 편하고 좋았던 나머지 오래지 않아 그 공간에 내 이야기들을 쓰기 시작했다.

　「너는 내 운명」이라는 제목으로 불임, 가난, 남편의 시각 장애, 내 자율신경 실조증 등을 가감 없이 털어놓았다. 그런 이야기들을 하지 않고서는 블로그에서 인연을 맺은 사람들과 진심으로 소통할 수 없을 것 같았다. 내 속은 지옥이나 마찬가지인데, 행복한 척 아무렇지 않은 척 일상을 꾸며서 얘기하기 싫었다.

　나의 이야기에 꽤 많은 이가 반응해주었다. '나만 힘든 게 아니었구나' 하는 공감과 위안의 반향이 있었던 듯하다. 나 또한 블로그 덕분으로 이제껏 갖지 못했던 삶의 의욕과 에너지를 얻었다. 그곳에서 다양한 삶의 파편을 보았고, 적어도 나만 고난을 겪는 게 아님을, 나만 외로운 존재가 아님을 깨닫고 또 위로받았다.

내가 블로그라는 공간을 그토록 사랑하게 된 이유는 아마도 진심으로 들어주고 공감해주는 이들이 있었기 때문일 것이다. 끊임없이 말하고 싶었다. 힘들다고, 괴롭다고, 울고 싶다고, 도망치고 싶다고. 하지만 이런 말을 주변 사람들에게 계속해서 할 수는 없는 노릇이었다. 조금만 듣기 싫어하는 기색을 보여도 나는 더 큰 상처를 받곤 했으니까.

이에 비해 얼굴을 마주 보지 않고 일방적으로 하는 말하기는 속 편한 구석이 많았다. 마치 고해성사처럼 말이다. 그 순간만은 사람들이 내 말을 진심으로 들어준다고 믿게 되고, 모두 진심으로 나를 걱정한다는 마음이 들었다. 나만의 착각일지라도 그건 분명 약이 되는 착각이었다.

블로그를 통해 느낀 감정을 언니에게 이렇게 털어놓은 적도 있다.

"꼭 정신과 치료라도 받는 느낌이야. 블로그에 글을 올리면 마음이 그렇게 홀가분할 수가 없어. 그냥 하염없이 들뜨기도 하고, 눈물이 왈칵 쏟아지기도 하고, 속이 후련해지기도 하고 그래."

내 글쓰기의 열매

❀ ❀ ❀

나의 글쓰기는 이처럼 단순한 일상적 기록 이상의 것이었다. 십 년이 넘는 시간 동안 응축되고 움츠려 있던 내 삶을 언어로 풀어낸 행위. 블로그 안에서는 나의 수많은 결핍이 전혀 걸림돌이 되지 않았다. 오히려 자유롭고 당당하고 거침없기까지 한 나의 무기가 되었다.

아마 처음부터 패를 고스란히 다 까 보였기 때문일 것이다. 만약 뭔가를 숨기고 감추기 급급했다면 내가 그토록 자유롭지는 못했을 듯싶다. 누군가 나의 이런 글쓰기를 '습자지 하나 걸치지 않은 글쓰기'라고 이름 붙여주었다. 그야말로 '올 누드' 글쓰기가 따로 없는 셈이었다.

나의 솔직한 내면의 글쓰기는 이렇게 치유로 시작하여 반성으로 끝이 났고, 좀 더 시간이 흐른 후에는 깨달음이라는 열매를 맺었다. 이런 행위를 통해 나는 전에는 미처 느끼지 못하고 스쳐 지나갔을, 혹은 잊어버렸을 많은 것을 순간순간 알아챌 수 있었다.

본래 나약한 인간으로 태어난 내가 언제 다시 운명의 신 앞에 굴복하고 말지 알 수 없다. 그래서 지금도 앞으로도 내게 '정신과'이자 '심리상담소'가 되어줄 블로그가 더 소중하게 느껴진다. 블로그를 만나지 못했다면, 이웃들을 만나지 못했다면 나의 인생이 어디로 어떻게 흘러갔을지 아득함마저 든다. 어쩌면 여전히 슬픔의 구렁텅이에 갇혀 있었을지도.

솔직한 내면의 글쓰기는

이렇게 치유로 시작하여 반성으로 끝이 났고,

좀 더 시간이 흐른 후에는

깨달음이라는 열매를 맺었다.

백수
혹은 쓸모 있는
집순이

이제 나는 가장 아팠던 때보다 50퍼센트 정도는 나아진 컨디션으로 살아간다. 하지만 단 하루도 말끔하게 컨디션이 좋은 적이 없으며, 나를 괴롭히는 헤르페스도 여전하다. 수포는 온몸 여기저기를 가리지 않고 무분별하게 퍼져나간다. 나았다 생각하면 다시 도지고 또다시 도지고. 장마철 욕실에 피어나는 검은 곰팡이처럼 내 몸 안에 은밀히 잠복해 있다가 수시로 돋아나 나를 괴롭힌다.

자율신경이 고장 난 병을 안고 사는 처지라 생활 속의 아주 작은 이벤트에도 몸의 균형이 쉽게 무너진다. 내 몸의 에너지는 텅텅 비어 있는 통장 잔고나 마찬가지. 외출을 해서 누굴 만나거나, 평소와 다른 스케줄이 있거나, 신경을 과도하게 써야 할 일이 있을 때는 부족한 잔고를 메우기 위해 몸이 바짝 긴장을 한다. 마이너스 통장에서 돈을 끌어다 쓰듯

에너지를 끌어다 쓰면서. 그러면 채 하루도 지나지 않아 고장 난 신경이 지독한 빚쟁이처럼 내 몸을 달달 볶아댄다.

"대체 어쩌라고? 나을 방법이나 알려준 다음에 괴롭히라고, 제발!"

몸이 아플 때면 울화가 불꽃처럼 터져 나오지만 언제까지 낙담하고 슬퍼하며 살아갈 수만은 없는 것. 이제 아플 땐 하늘을 보고 꽃을 본다. 그래도 고통이 사라지지 않을 때는 잠을 잔다. 그것만이 내가 강구할 수 있는 유일한 방법이요, 최선의 선택이다. 아직까진 그보다 더 나은 방도를 찾지 못했다.

그나마 지금은 진통제를 먹어가며 출근을 해야 하는 시절을 살고 있지 않다는 데 깊이 안도한다. 아프지만 쉴 수 있다는 것, 아프지만 자유롭다는 것이 큰 위안을 준다. 그래서 돈을 아주 조금밖에 벌지 못하는 현재의 생활에도 그럭저럭 만족할 수 있다. 나에게 무엇보다 우선인 건 쉼이므로.

병과 함께한 지 어느새 육 년째다. 앞으로 더 많은 날들을 같이 가야 한다면 이제 초연하게 받아들여야 한다. 더부는 법을 터득해나가자. 아주 단순하게 생각하자. 아플 땐 쉴 것, 아프지 않을 땐 즐겁게 생활할 것. 어차피 인생은 매 순간 즐거울 수는 없는 것 아니던가. 하루에 단 한 순간만이라도 행복하다, 편안하다는 마음이 든다면 된 거겠지. 내일은 더 잦은 행복과 평안을 꿈꾸어봐도 되겠지.

별일 없는 일상에 감사를

✿ ✿ ✿

'내가 있어야 할 자리는 어디일까?'

사십 대 중반을 넘어 새삼스레 알게 된 점은, 높고 낮음을 떠나 내가 있어야 할 자리를 잘 찾아야 한다는 거였다. 아마도 그렇게 느낀 즈음부터 많은 걸 버리고 받아들이며 초연해졌던 것 같다. 물론 그렇다고 전혀 마음이 흔들리지 않는 건 아니다. 여전히 때때로 들썩이고 수시로 낙담한다.

"헛바람 들지 않기! 진정성 없는 부추김에 동요하지 않기! 무턱대고 부러워하지 않기! 함부로 따라 하지 않기!"

그럴 때마다 유효기간이 짧은 다짐들을 일부러 소리 내어 읊어보기도 한다.

직장을 그만두어서 좋은 점 또 하나는, 믿기 어렵겠지만 남편을 더 고운 눈으로 바라보게 되었다는 사실이다. 내가 돈벌이를 그만두고 보니, 내가 아파보니, 남편이 더 이해되더란 말이다. 이제 비슷한 입장이 되었으니 우리의 가난과 막막한 미래를 누구 한 사람의 탓으로 돌릴 수도 없었다.

내가 백수여서 남편을 더 많이 이해하고 더 많이 보듬게 된다면, 차라리 돈이 없는 쪽을 택하겠다는 생각이다. 떠날 수도 없는 남편을 미워하고 원망하는 것이 얼마나 지옥 같은지 이미 경험해봤기에.

백수가 되어 안 좋은 점이라면 당연히 생활이 더 궁핍해졌다는 것이다. 일종의 죄의식도 든다. 운신이 상대적으로 더 편한 나라도 돈을 벌어야 하는데, 부부가 쌍으로 놀고 있다는 세상의 눈초리로부터 그리고 내 안의 양심으로부터 자유롭지 못한 게 사실이다.

직장을 그만두었지만 집에서도 내가 해야 할 일은 많고 많다. 하루 종일 게으름을 피울 새도 없이 날이 저물곤 한다. 적은 돈이나마 벌어야 생활이 되기 때문에 집에서 할 수 있는 일거리를 찾아 아침부터 저녁까지, 어쩌면 직장을 다니던 때보다 업무에 신경을 쓰는 시간이 더 많다.

그래도 웬일인지 나는 지금의 생활이 좋다. 온종일 집 안에만 있어도 심심한 줄을 모르겠다. 조급하지 않게 남편을 보살필 수 있고, 자식 같은 강아지와 내내 붙어 있으니 마음이 편안하다. 행복이라고 말할 수 있는 순간들을 자주 살아가고 있다. 하루하루 별 탈 없이 돌아가는 일상에 그저 감사함을 느낀다. 아마도 나 스스로가 선택하고 필요로 해서 얻은 일상이기 때문일 것이다. 몸이 아픈 나에게, 눈이 불편한 그에게, 집만큼 편하고 안전한 곳은 없으니까.

우리가
요리하는 이유

남편이 요리에 빠지기 시작한 시기는 정확히 기억나지 않는다. 특별한 계기도 물어보질 못했다. 아무튼 몇 년 전, 그는 한동안 요리에 몰두해 지낸 적이 있다. 언제부턴가 집에 아무도 없을 때 혼자서 이런저런 걸 만들어본 모양이다. 어느 날 그는 야심차게 만두전을 선보였다. 남편의 요리를 맛본 동생과 나는 '엄지척'을 날려주며 온갖 칭찬을 아끼지 않았다.

그다음 요리는 오이무침이었던 것 같은데, 그것도 썩 먹을 만했다. 문제는 아무래도 안전에 있었다. 칼질도 걱정되었고 가스 불도 불안했다. 남편의 눈 상태로 요리를 한다는 건 정말 위험천만한 일이 아닐 수 없었다. 당연히 다툼이 따랐다. 말리는 자와 하려는 자, 둘의 실랑이는 날마다 계속되었다. 그럴 때마다 남편은 세상을 다 잃은 듯한 표정으로 심각해지곤 했다. 화도 잘 안 내던 사람이 요리 얘기만 나오면 유독 민감해졌다.

"부탁이 있는데, 그냥 나 하고 싶은 대로 하게 놔두면 안 돼? 내가 조심하면 되잖아."

남편은 왜 그렇게 요리에 목을 맸던 것일까.

아마도 성취감 때문이 아니었을까 싶다. 눈이 점점 나빠지다 보니 위기감이 몰려왔겠지. '나는 이제 아무것도 할 수 없게 되겠구나' 하는 생각이 들었겠지. 그렇게나 활동적인 사람이 거의 하루 종일 집 안에서만 시간을 보내야 하는 생활이 지겨웠겠지. 그러다 우연히 요리에 눈을 뜨고 '어라, 나도 할 수 있네? 누구의 도움도 받지 않고 나 스스로! 게다가 맛있다고 하네?' 이런 희열과 성취감을 맛보지 않았을까.

실랑이가 계속되다 보니 나도 기운이 빠졌다. 그렇지 않아도 몸과 마음이 성치 않을 때였다. 왜 내가 그깟 요리 문제로 다투어야 하는가 하는 회의감이 들었다. 쓸데없는 감정 소비 같았다.

고심 끝에 이대로는 안 되겠다 싶어서 묘안을 하나 생각해냈다. 이미 남편은 말려도 말을 듣지 않을 것 같으니 차라리

이 상황을 함께 즐겨보자는 거였다.

"나는 떡을 썰 테니 너는 글을 쓰거라!"

이런 석봉이 어미의 심정이 되어, 그는 요리를 하고 나는 사진을 찍어 올리고, 그렇게 블로그를 해야겠다고 마음먹었다.

도피를 위한 요리

※ ※ ※

처음엔 블로그에 '남편의 서툰 요리'라는 콘셉트로 글을 올릴까 싶었다. 하지만 그때는 우리 상황을 솔직히 털어놓을 자신이 없었다. 차선책으로 선택한 것이 가벼운 소설 형식의 스토리를 입히는 것이었다. 그렇게 운명 같은 나의 블로그 생활이 시작되었다.

"내가 그럼 준호인 거네?"

블로그 소설 속 주인공이 되었다고 신이 난 남편은 예전보다 더 많은 요리를 시도했다. 하지만 도저히 남에게 보여줄 만한 모양새가 아니었다. 열 개를 만들면 그중 한두 개만 겨우 건질 수 있는 수준이었다. 결국 일단 스토리 콘셉트에 맞는 요리를 내가 직접 만들기로 했다.

"내가 한 걸로 먼저 올리고, 자기 것은 차차 올려줄게."

남편에겐 이렇게 둘러댔다. 그의 엉망진창 요리를 블로그에 올리긴 당분간 힘들 것 같았다.

"내 요리는 언제 올라가는 거야?"

아무래도 낌새가 이상했던지 남편이 자주 물어왔다.

"자기야, 하룻강아지가 범 무서운 줄 모르면 안 되지. 주방 보조가 되기 위해 삼 년 동안 설거지만 했다는 소리도 못 들어봤어? 중국집 주방장이 되기 위해서 몇 년 동안 양파만 깠다는 사람도 있잖아."

그는 군말이 없었다. 그 후로도 열심히 엉망진창 요리를 하고, 설거지를 하고 양파를 까며 실력을 키워나갔다.

그냥 얼떨결에 시작한 일이 이런 새로운 활력소가 되어줄 거라고는 미처 예상치 못했었다. 블로그에 올리기 위해 나는 날이면 날마다 열심히 음식을 만들어댔다. 이제는 내가 남편보다 더 요리에 열성적이 된 것이다. 포털사이트 N사 푸드 섹션의 「주간밥상」이라는 코너에 세 번이나 글이 올라가는 기쁨을 누려보기도 했다. 그다음부터 나는 더욱 음식 만들기와 사진 찍기의 노예가 되어 열정을 불살랐다.

눈앞에 음식이 놓이면 무조건 사진부터 찍고 보는 게 블로거의 습성이다. 누가 시키지도 않은 소임에 충실하기 위해 열심히 카메라 셔터를 눌러대는 것이다. 가족 중에 요리 블로거가 있는 사람에게는 참을성이 요구된다. 다 차려진 밥상 앞에서 몇 분 동안 입맛을 다시며 기다리는 것이 가족의 소임이라면 소임이기 때문이다. 그런 기본을 남편은 자주 깜박했다. 자신이 만든 요리를 올려주지 않아 괜한 어깃장을 놓는 것인지도 몰랐다.

"「주간밥상」 메인에 이미 떴는데 또 올려?"

그날따라 음식 세팅이 길어지자 지친 남편이 입을 열었다.

"좋아하는 스타 얼굴 한 번 영접했다고 팬질을 끊는 팬도 있어?"

식탁 옆을 맴돌며 주절주절 말을 시키는 게 영 귀찮아서 톡 쏘아붙였다.

"오호, 비유 좋은데? 가베 님은 역시 다른가~베!"

"……."

"가베는 지치지도 않는가~베."

"자기야! 5분만 입 좀 다물어줄래?"

내 닉네임으로 말을 끝내는 데 재미를 붙인 남편이 그날 유난스레 깐족거렸다.

사실 나는 그즈음 체력적으로 무척 지쳐 있었다. 블로그는 더 이상 내게 취미생활이 아니었다. 지긋지긋한 현실을 벗어날 수 있는 합법적인 도피처였다. 온종일 그 속에서만 머물러 있고 싶은 때가 많았다. 그래서 몸이 부서져라 거기에 더 매달렸다.

계속 내 곁에 있어도 좋아

❉ ❉ ❉

블로그에 자신의 음식 사진이 오르지 않아도 남편은 홀로 즐거웠다. 거의 반년 가까이 실력을 갈고닦은 끝에 이제 성공률이 50퍼센트는 되는 것 같았다. 하지만 아직도 분명 초보인 주제에 너무 겁 없이 아무 요리나 도전을 해서 문제였다. 더구나 난장판이 되는 주방도 골칫거리였다.

남편이 간단한 요리 하나를 만드는 데 걸리는 시간은 짧게는 두 시간, 길게는 세 시간이 넘어갈 때도 있었다. 그야말로 혼신의 힘을 다 쏟아부어야 했다. 그런 걸 잘 알기 때문에 나는 웬만하면 불만 없이 감사하게 먹었다.

내가 블로그에 올릴 소설을 쓰는 작업에 뒤늦은 열정을 불태우고 있을 때는 남편의 도움을 톡톡히 받기도 했다. 나는 출근과 글쓰기 외에 그 어느 것에도 신경 쓸 겨를이 없었다. 그때 거의 두 달 동안 삼시 세끼를 그가 책임졌다.

"사람은 참 신기한 것 같아. 어떻게든 자기 살길은 귀신같이 마련하게 된단 말이지. 자기도 봐! 내 옆에서 살아남을 구석을 이렇게도 잘 찾아내잖아."

속으로는 남편이 대견하고 고마우면서도 나는 살가운 말 한마디에 인색했다.

"칭찬이야?"

"맞아. 축하해! 남은 평생 동안 계속 내 옆에 있도록 허락해주겠어!"

"고맙습니다요, 백골난망입니다요~!"

거드름 피우는 마누라 모양 빠지지 않게 해주려고 그는 또 있는 대로 할리우드 액션을 펼쳤다. 남편의 눈이 완전한 실명 상태에 가까워지면 내가 저 사람의 수족이 되어 모든 걸 다 챙겨줘야 하는 게 아닐까 솔직히 두려웠다. 지금도 책임감의 무게가 버거워서 때론 그런 생각을 하는 것만으로도 숨이 막혀올 때가 있다.

하지만 뭐라도 해내려는 남편을 보며 그렇게 또 한시름 놓였다. 그는 더디지만 조금씩 새로운 삶에 적응해가고 있었다. 제한된 환경 속에서도 끊임없이 할 일을 찾아가며 삶의 의지를 불태우는 게 눈물겹도록 안심이 되었다.

뭐라도 해내려는 남편을 보며

그렇게 또 한시름 놓였다.

그는 더디지만 조금씩

새로운 삶에 적응해가고 있었다.

나쁜

유전자

매일 아픔을 달고 산다는 건 그야말로 지옥이다. 몸서리나는 지겨움이고 끝없는 낙담이다. 오직 경험한 자들만 이해할 수 있는 그들만의 세계.

　처음 자율신경 실조증이 발병했을 당시 나는 지독한 외로움과도 싸워야 했다. 꾀병을 부린다고 하는 사람은 아무도 없었지만, 뚜렷한 병명도 없이 아프다 보니 주변 사람들도 점차 지쳐가는 듯 보였다. 아프다고 말하는 내 말이 공허한 메아리처럼 느껴지기도 했다.

　그 후 너무나 얄궂게도 언니와 동생에게도 그 병이 찾아왔다. 우리의 병은 이른바 '유전성'이었다. 허약한 체질과 과도한 스트레스가 만나 자율신경을 망가트리는 일종의 컬래버레이션. 증상과 강도는 각각 다르지만 자율신경계 이상으로 발생하는 종류의 통증이 그녀들의 몸도 공격해왔다. 나만큼은 아니더라도 다들 건강 상태가 썩 좋지 못한 실정이다.

"내가 아파보니 알 것 같아. 그동안 얼마나 아팠니. 얼마나 외로웠니."

언니와 동생이 아프기 시작하며 가장 먼저 했던 말이다. 겪어본 사람만이 알 수 있는 심정을 느끼게 된 것이다. 결코 반갑지 않은 동질감이었다. 우리는 일생 동안 아프다는 말을 입에 달고 사시는 엄마도 더 많이 이해하게 되었다.

나는 죽을 때까지 이 병과 함께해야 할지도 모른다. 엄마를 보면 어쩐지 그런 예감이 든다. 이미 와버린 병과 함께 그렇게 몇십 년을 살아오신 엄마의 유전자가 내 몸에도 고스란히 흐르고 있기 때문이다.

엄마의 인생에 유일했던 행운

❀ ❀ ❀

지금으로부터 38년 전, 박복하기만 한 엄마의 인생에 유일하게 반짝하는 운이 찾아온 때가 있었다. 그 기억은 내게도 정말 특별했던지 그때의 일이라면 지금도 아주 사소한 것까지 다 떠올릴 수 있다.

내가 나고 자란 곳은 주변의 다른 깡촌에 비하면 그나마 도시 축에 속했다. 면 소재지의 신작로 가에 위치하던 우리 집 근처엔 고등학교도 있었고, 중학교도 두 곳이나 되었고, '국민'학교도 있었다. 하지만 시골은 시골이었던지, 지금 생각해보면 희한하게도 무슨 70년대도 아닌 84년도에 서커스 유랑단이 찾아왔다.

"석이 아빠! 서커스 오믄 우리도 장사 좀 되겠지라?"

"그걸 말이라고 하는가, 이 사람아."

"또 대풍집으로 죄다 몰리는 건 아니것지라?"

"깝깝한 소리 하고 있네, 참말로! 바로 코앞에 점방 놔두고 대풍집으로 가것어?"

엄마 아빠의 들뜬 목소리가 며칠째 이어졌다. 우리 집은 구멍가게를 했는데 장사가 그리 잘되는 편은 아니었다. 우리 집에서 불과 300미터도 안 되는 곳에, 그러니까 국민학교 바로 앞에 또 다른 가게 '대풍집'이 있었다.

대풍집은 학교 정문 바로 앞에 위치한 데다 버스 정류장도

겸하고 있었다. 그곳엔 우리 집에는 없는 신기한 과자나 장난감이 즐비했다. 그래서 하교 시간이면 항상 아이들로 북적였다. 그에 비해 우리 집은 겨우 가게 명맥만 유지할 정도로 장사가 시원치 않았다. 부모님은 늘 대풍집을 부러워하는 한편 의식할 수밖에 없었다.

그런데 서커스가 우리 집 바로 맞은편 공터에서 열릴 거라는 소식이 전해졌다. 관계자들이 동네 사람들에게 동의를 얻으러 다니느라 다소 어수선한 분위기였다. 덩달아 부모님은 즐거운 상상으로 몇 날 며칠 밤잠을 설치셨다.

얼마 후, 7월 중순의 어느 뜨거운 여름날이 시작됨과 동시에 마을엔 진짜로 서커스단이 찾아왔다. 말이 서커스지 규모가 조금 큰 약장수에 불과했다. 하지만 볼거리가 별로 없던 시골 사람들은 이 유랑단에 열광했다. 그들은 노래도 부르고, 차력도 하고, 불쇼도 하고, 비둘기도 날렸다. 서커스가 열리는 천막 안은 연일 사람들로 발 디딜 곳이 없었다.

"날이면 날마다 오는 것이 아니여~. 애들은 가라, 애들은 가!"

천막 밑으로 몰래 기어드는 아이들을 쫓아내 가며, 질펀하고 끈적끈적한 농지거리가 섞인 만담을 하는 것도 빼놓을 수 없는 구경거리였다.

서커스 유랑단이 불러온 기적

❀ ❀ ❀

그래서 우리 집 장사는 어떻게 됐냐고?

당연히 대박이 났다. 아니, 대박이라는 말로는 부족하다. 서커스가 열리는 보름 동안 우리 여섯 식구는 아주 죽을 똥을 쌌다. 밥 먹을 시간, 심지어 화장실 갈 시간도 없이 밀려드는 손님들 때문에 행복한 비명을 지를 판이었다.

엄마의 총지휘 아래 우리는 각자 역할을 맡아 일사불란하게 움직였다. 서커스가 시작되기 전과 끝난 후가 손님이 가장 붐빌 때였다. 엄마는 부엌에서 술상으로 나갈 안주를 준비했고, 아빠는 술손님을 치렀고, 열세 살 오빠는 과자며 아이스크림 같은 것을 팔았고, 열한 살 언니와 아홉 살 나, 다섯 살 막둥이는 틈틈이 물건 배달을 했다. 막둥이는 집에 가만히 있어도 되는데 기어코 가게에 나와 두 언니를 쫄래쫄래

따라다녔다.

때는 무더운 여름이었다. 시원한 음료수와 아이스크림 들이 단연 잘 팔렸다. 규모가 작은 구멍가게라 아이스크림 전용 냉장고 같은 것도 없이 가정용 냉장고 냉동실에 아이스크림을 넣어놓고 팔았다. 아이스크림은 금세 동이 나버리기 일쑤였다. 그때마다 우리 세 자매는 리어카를 끌고 종종걸음을 놓으며 장터에 있는 도매상으로 아이스크림을 가지러 가야 했다.

"아이스크림 다 녹응께 후딱 다녀와야 한다잉!"

엄마는 몇 번이고 당부를 하셨다. 하지만 어린것들 걸음이 빨라봐야 얼마나 빠를 것이며, 아이스박스도 없이 이불로 덮어서 가져오는 아이스크림이 녹지 않고 배겨날 리가 있었겠는가. 더구나 비포장 길을 리어카로 가다 보면 큰 돌부리에 바퀴가 걸려 수시로 동력이 떨어질 수밖에 없었다.

"아자씨! 하드가 다 녹아부렸는디요?"

배달을 해 오는 동안 녹은 아이스크림은 냉동실에서 다시 꽝꽝 얼 시간도 없이 팔려나갔다. 덕분에 꼬마 손님들의 항

의가 빗발쳤다.

"날이 더운게 그라지야."

"예에? 냉장고 안에 있었는디요?"

"날이 오살나게 더워서 그란당게."

"날이 덥다고 냉장고에 있는 하드가 녹아부러요?"

"어허이, 야가 어른이 뭔 말을 하믄은! 요런 날은 냉장고도 더위를 묵는 것이여. 저그 봐라, 저! 날이 얼매나 뜨거우믄 신작로가 다 노글노글 녹아내리게 생겨부렀다. 그렁게 암말 말고 오늘만 그냥 묵어라잉?"

그날따라 유난히 강렬하게 피어난 아스팔트 아지랑이가 아빠의 변명에 힘을 실어주었다. 새까맣게 얼굴이 탄 소년은 머리를 연신 갸우뚱거리기만 했다. 녀석의 손에 들린 하드는 한입 물기도 전에 이미 녹아내려 허연 국물을 질질 흘리고 있었다.

밤이 되면 우리 가족은 더 이상 손가락 하나 까딱할 수 없을 만큼 지쳐버렸다. 밥을 차려 먹을 시간이 없어서 끼니도 빵이나 라면으로 때웠다. 엄마의 고생이 가장 심했다. 엄마야말로 새벽부터 밤늦게까지 엉덩이 붙일 시간도 없이 일을 해야 했다. 하지만 나는 그때가 엄마의 인생에서 가장 황홀한 경험을 한 나날이었을 거라고 생각한다.

가난한 남자와 결혼해 자식을 넷이나 낳았다. 남편은 이런저런 일을 시도했지만 정작 집에 돈을 가져다주진 못했다. 궁리 끝에 주변에서 돈을 빌려 겨우 구멍가게를 하나 차렸다. 하지만 그마저도 별 볼 일 없었다. 앞으로 먹고살 걱정과 애들 가르칠 생각에 가슴이 바짝바짝 타들어 갔을 것이다.

그런데 기적처럼 서커스단이 왔고, 덕분에 보름 동안 우리가 벌어들인 돈은 상상을 초월했다. (마을에 서커스단이 온 건 그전에도 그 후에도 없는 일이다.) 열 평도 안 되는 그 좁은 가게에서 지금 돈으로 치자면 수천만 원어치나 되는 물건을 팔았을 거라고 한다. 어떻게 그런 일이 벌어질 수 있었는지 그리고 그걸 우리 식구가 대체 어떻게 해낼 수 있었는지, 지금 생각해도 신기하기만 할 뿐이다. 그렇게 번 돈으로 부모님은 작은 논마지기를 마련했다. 그 논에서 수확한 쌀로 나는 오늘도 밥을 해 먹었다.

다 좋기만 할 순 없었을까

❀ ❀ ❀

엄마는 그즈음부터 몸이 많이 아프기 시작했다. 약한 체력 탓에 평소에도 골골하던 차였다. 그런데 단기간에 너무 무리를 한 나머지 건강이 더 심하게 축난 것이 아닌가 싶다. 그 후로도 술주정뱅이 남편에게서 스트레스를 받은 것은 물론이고, 온갖 부업거리를 하느라 손가락이 다 곱을 정도였으니 몸이 남아날 수 있었을까.

그해였는지 다음 해였는지 정확히 기억나진 않지만, 엄마는 급기야 쓰러지시고 말았다. 급하게 도시에 있는 병원 응급실로 실려 가 각종 검사를 받아봤지만 특별한 이상을 찾아낼 순 없었다. 그 후론 목적도 없는 치료를 받느라 병원에 한 달 넘게 입원해야 했다. 서커스 덕분에 많은 돈을 벌어들였으나, 그로 인해 병이 나고 또 꽤 많은 돈을 까먹게 된 것이다.

졸지에 반홀아비 신세가 된 아빠는 아빠대로, 어린 우리들 챙기랴 가게 보랴 고생이 이만저만이 아니었다. 그 시절 아빠가 해주던 심히 맛없는 반찬들이 아직도 기억난다. 아빠의 불호령이 무서워 입도 뻥긋 못 하고 꾸역꾸역 밥을 먹던 우리 네 남매의 모습도.

　엄마는 병원 치료에도 뚜렷하게 좋아지진 않았다. 몇십 년
이 흐른 지금까지 늘 어딘가가 많이 아프시다. 어느 때는 석
달 넘게 기침 감기로 고생을 하고, 어느 때는 손끝에서 발끝
까지 온몸이 자근자근 쑤셔 밤에 잠을 못 이루고, 또 어느 때
는 기력이 축 처져 운신도 못 하는 세월이 이어지고 있다.

　"다 엄마 탓이다. 니들이 엄마를 닮아가꼬 그래. 좋은 것
이나 닮을 것이지 하필 그런 것을 닮아가꼬는……."

　엄마는 우리가 아픈 게 당신 탓처럼 생각되시나 보다. 하
지만 왜 그게 엄마 탓이겠는가. 이 유전자가 엄마로 인해 최
초로 촉발된 것도 아닐 텐데. 엄마도 윗대의 어느 누군가로
부터 물려받은 몸과 마음을 가지고 이 세상에 태어난 것일
텐데. 그건 우리가 선택할 수 없는 일이다. 엄마의 탓도 우리
의 탓도 아닌 불가항력의 흐름일 뿐이다.

매일 아픔을 달고 산다는 건 그야말로 지옥이다.

몸서리나는 지겨움이고 끝없는 낙담이다.

오직 경험한 자들만 이해할 수 있는 그들만의 세계.

이가 없으면
잇몸으로
살아지는 게 인생

내 사랑 까꿍아.

무조건적인 사랑, 그게 너에게만은 된다는 게

어떤 때는 정말 신기해.

오롯이 사랑만을 줄 수 있는 네가 있어서

난 참 고마워.

자식이 있는 부모 마음을 십분의 일이라도

헤아려볼 수 있는 기회를 줘서 정말 감사하단다.

    결혼 8년 차에 까꿍이가 우리 집에 왔다. 내가 강아지를 키우게 될 줄은 꿈에도 몰랐다. 그 전까지 나는 개를 무서워하거나, 혹은 약간 싫어하는 축에 속하는 사람이었다. 거리를 지나다 주인과 함께 산책하는 개를 만나면 저만치 피해 다니기까지 했다. 굳이 대놓고 말하지는 않았어도 무척 편협한 생각도 가지고 있었다. 개에게 왜 옷을 입히지? 개털을 일부러 돈을 들여가며 깎고 다듬을 필요가 있나? 개가 자식이라도 돼? 스스로를 엄마, 아빠라고 지칭하는 건 좀 너무하지 않아?

아는 만큼 보인다고 했다. 경험한 만큼 느낀다고 했다. 그 또한 내가 직접 개를 키워보지 않았기 때문에 이해하지 못했던 그들만의 세계였다. 시골 마당에서 개를 키우던 시절의 케케묵은 발상을 가지고 현재의 반려동물 문화를 생각하면 안 되는 것이었다.

식구란 꼭 서로 피를 나눈 사이가 아니더라도 충분히 결속될 수 있는 관계다. 같은 공간에서 매일 함께 잠을 자고, 먹을 것을 나누어 먹고, 애정을 주고받다 보니 저절로 인격화가 될 수밖에 없었다. 사람과 동물 간의 신비로운 교감은 견주와 반려견을 단단하게 묶인 '가족'이라는 이름으로 거듭나게 했다.

부부의 날에 찾아온 인연

❋ ❋ ❋

처음엔 강아지를 키운다는 것이 선뜻 내키지만은 않았다. 그즈음 강아지나 한 마리 키워보는 건 어떠냐는 말을 주위에서 자주 들었다. 나는 여전히 아이에 대한 미련을 버리지 못하고 있을 때라 그런 말조차 듣기가 싫었다. 이쯤에서 꿩 대신 닭에 만족하라는 말 같아서 그렇지 않아도 비틀린 심사가 더 배배 꼬여 들었다. 꿩을 손에 쥔 자들의 의기양양함에 왠지 주눅이 들곤 했다.

그런데 어느 날부턴가 좁은 집 안이 휑하게 느껴졌다. 식탁에 앉아 함께 밥을 먹을 때를 빼놓곤 각자의 공간으로 흩어지는 식구들. 딱히 바쁠 것도 없지만 딱히 공유할 것도 없어 각자의 시간 속으로 돌아가는 사람들. 그런 보이지 않는 적막이 숨 막힐 때가 있었다. 그럴수록 자주 상상하게 되었다. 지금 이 공간에 아이가 있었다면 어땠을까? 강아지라도 한 마리 있으면 어떨까? 어리고 작은 것들의 숨결과 움직임이 부쩍 그리웠다.

까꿍이를 집으로 데려온 날은 공교롭게도 부부의 날이었다. 일부러 의도하진 않았지만, 뜻깊은 날 찾아온 너무도 귀한 인연이 아닐 수 없었다. 우리가 '부모'라는 타이틀을 얻게 된 날이기도 하니까. 그때 까꿍이가 오지 않았다면 지금쯤 우리 부부는 어떤 삶을 살아가고 있을까 하는 생각도 종종 한다. 어떻게 보면 이 작은 개는 명분뿐인 부부의 관계를 다시 이어준 존재다.

나는 까꿍이를 통해 갈 곳 잃은 모성애를 맘껏 발산할 수 있었다. 좀처럼 채워지지 않는 마음의 허기가 시나브로 달래졌다. 무기력증에 빠져서 아침이 되어도 일어날 수 없었던 내가 강아지 밥을 주기 위해 일찍 잠을 깼고, 일하러 나가는 것 외엔 한 발짝도 밖에 나가려 하지 않던 내가 날마다 강아지를 산책시키기 위해 집을 나섰다. 가슴에 온통 가시가 돋친 듯 까칠하기만 하던 내가 그 산책길에서 만난 다른 견주들과 더없이 다정하게 이야기를 나누었다.

부모에게 자식은 이 세상을 살아가야 할 이유가 된다. 그렇듯 우리에게 온 이 작고 여린 생명체 또한 여느 집 자식 못지않게 내게는 살아가야 할 새로운 이유가 되어주었다. 내가 그토록 아득한 세월을 견딜 수 있었던 건 우리 까꿍이 덕분이었을 것이다. 까꿍이와 살게 되었던 때는 이가 없이 잇몸으로 살아야 하는 게 서럽기도 했지만, 이가 없어도 살아지는 게 인생이라는 걸 기쁘게 깨달았던 시기이기도 하다. 그저 온전히 사랑만 주면 되는 존재가 내 곁에 있다는 것 자체가 큰 위안이다.

해맑음

증후군

내가 까꿍이 덕분으로 인생의 또 한 시절을 그렇게 버틸 수 있었다면, 남편은 그때를 어떻게 견뎌내고 있었을까?

사실 그의 걱정은 전혀 할 필요가 없었다. 그는 꼴 보기 싫을 정도로 혼자서도 잘 놀러 다녔고 각종 사무가 무척 바빴다. 야구 동호회, 등산, 조용필 팬클럽 활동까지. '일반인'들도 선뜻 마음이 서지 않을 온갖 활동을 장애 판정을 받은 뒤 더 적극적으로 해나갔다. 마치 자신의 눈이 멀게 될 때를 대비하듯, 지금 당장 하고 싶은 걸 다 하고 말겠다는 듯.

그건 미래의 불안을 잠재우기 위한 남편만의 방식이었을지도 모른다. 하지만 내 심정이 말도 못 하게 사나웠던 그때 남편의 행위는 모두 '꼴 보기 싫음'으로 종결되곤 했다. 나는 빚 갚을 생각에 종일 머리가 빠개질 지경이었다. 한 푼이라도 싼 대출 이자로 갈아타기 위해 오만 궁리를 다 할 때였다.

물론 남편도 밤낮을 가리지 않고 열심히 일을 했다. 하지만 도통 고민이라고는 하지 않는 것처럼 보이는 그의 천성이 당시 내 입장에서는 밉상 중의 밉상으로 보였다.

날이 환한 낮에는 그나마 남편 혼자서 지하철도 곧잘 타고 집을 찾아오는 것도 어렵지 않았다. 그러나 어둠 앞에서 그는 여지없이 멈춤이 되어버렸다. 술자리가 파하고 택시를 탔다는 연락을 받으면 나는 밤 12시고 새벽 1시고 간에 그를 마중 나가야 했다. 학원강사라는 직업의 특성상 일이 늦게 끝나 평일에는 10시가 넘어서 술자리를 갖는 적도 많았다. 끝나는 시각은 이따금 새벽 3~4시가 될 때도 있었는데, 나로선 그 또한 참으로 성가신 일이 아닐 수 없었다.

100퍼센트의 슬픔은 아니라서

❀ ❀ ❀

하루는 별다른 연락도 없이 남편의 귀가가 너무 늦어졌다. 새벽 1시가 넘어가길래 전화를 해보았더니 휴대폰이 꺼져 있기까지 했다. 아무래도 배터리가 다 된 모양이었다.

'밉상 아니랄까 봐 이제 술 먹고 다니는 걸로도 속을 썩이나? 혼자 집에 잘 찾아오는 사람이면 누가 뭐라 하겠어!'

속으로 욕을 한 됫박이나 퍼부은 뒤 스르르 잠이 들었나 보다. 일어나 보니 새벽 5시가 다 된 시각이었다. 그때까지도 남편은 집에 들어오지 않았다. 무슨 일일까 걱정이 되었지만 한편으로는 이를 바득바득 갈았다.

'오냐 그래, 잘 걸렸어. 오늘은 무슨 일이 있어도 당신을 가만두지 않겠어!'

한겨울의 추위가 맹위를 떨치던 때였다. 밖은 여전히 어두컴컴했다. 그때 현관 밖에서 열쇠 구멍에 키를 어긋나게 꽂는 소리가 들려왔다. 당시는 동생과 함께 살지 않을 때였고, 우리 까꿍이도 아직 없을 때였다.

나는 팔짱을 낀 채 현관문 앞에 서서 남편이 문을 열고 제 발로 들어오길 진득하게 기다렸다. 몇 번의 시도 끝에 열쇠 구멍을 제대로 맞추고 문 열기에 성공한 모양이었다. 곧이어 현관문이 열렸다. 안으로 들어선 그는 역시 술이 잔뜩 취한 모습이었다. 그런데 게슴츠레한 눈으로 나를 보자마자 웬일인지 울먹거리기 시작했다.

"나 너무 추웠어. 몇 시간 동안 밖에서 뱅뱅 돌았어."

콧등까지 내려온 안경에는 허옇게 서리가 끼어 있고, 입술은 시푸르뎅뎅 잔뜩 얼어 있었다. 어디서 넘어지기라도 했는지 까만 양복바지 곳곳에 흙까지 묻히고 들어서는 꼴이 아주 가관이었다.

내가 그때 남편에게 등짝 스매싱을 날렸던가 말았던가. 드라마 단골 대사 같은 신세 한탄이 절로 터져 나왔다.

"속 터져 진짜!"

그날따라 다들 만취 상태였는지 남편을 집 앞까지 데려다준 사람이 아무도 없었다. 하필 휴대폰 배터리도 떨어진 탓에 나에게 전화도 할 수 없었다고 한다. 그럼에도 그는 술김에 혼자서 집을 잘 찾아와 보겠다고 호기를 부린 것이다. 실제로는 한 시간 정도를 밖에서 헤맨 듯하지만 남편에겐 그 한 시간이 하룻밤처럼 길게 느껴졌던가 보다.

"아무도 없었어."

"당연하지! 이 추운 겨울에 새벽같이 돌아다니는 사람이 얼마나 있겠어. 있다 해도 당신이 미처 못 봤겠지!"

"아무도 안 도와줬어."

"당연하지! 사람들 눈에 당신은 그저 취객일 뿐이야. 도움이 필요한 사람으로 보일 리가 없잖아. 눈도 잘 안 보이는 사람이 새벽까지 술 먹고 돌아다닐 거라고 상상이나 하겠어?"

남편의 하소연에 조목조목 팩트 폭격을 해주었다. 여전히 얼어 있는 입으로 주절거림을 멈추지 않는 그를 보며 문득 해맑음도 병이라 치면 병일 수 있겠구나 하는 생각이 들었다. 마치 피터팬 증후군처럼 '해맑음 증후군'이라는 게 존재할지도 모른다는 생각.

어른이 되어가는 과정에서 보통은 가장 먼저 탈피하는 것이 해맑음인데, 마흔이 훨씬 넘도록 그걸 온전히 간직하고 있는 남자가 하필 내 남편이라서 나는 그날 조금 슬펐다. 하지만 그 슬픔 속에는 웃음과 다행스러움과 안쓰러움이 섞여 있었다. 그가 나에게 늘 100퍼센트의 슬픔은 아니어서 그나마 다행인 건가. 그래서 지금껏 그럭저럭 살아올 수 있었던 것이 아닐까.

그래서 나는
당신과
결혼했다

"아까운 친구……. 니가 어쩌다가!"

오래전, 어떤 친구가 나만 보면 그렁그렁해진 눈으로 이렇
게 말하곤 했다. 나의 십 대와 이십 대 그리고 삼십 대를 모
두 관통하는 친구였기에 감정이 남달랐을 걸로 생각된다.

친구들의 안타까워하는 눈초리가 나는 싫었다. 당시에는
내 인생이 아깝다는 생각도 하지 못할 정도로 운명의 파도에
속절없이 휩쓸려 가고 있을 때였다. 오직 살아남기 위해 물
밖으로 어푸어푸 고개를 내미는 사람에게 그런 말은 위로가
되지 않는다.

"너는 어쩌다 물에 빠지고 말았니? 쯧쯔."

오히려 부주의함을 탓하는 소리로 들렸다. 결혼을 하고 아
이를 낳고 안정적인 가정을 꾸려가는 친구들을 볼수록 나의

부주의함은 더 큰 질책으로 돌아오는 것만 같았다. 결국 나는 못난 자격지심으로 쌓은 성에 스스로를 더 외롭게 고립시켜버렸다.

'아까운 친구'라는 말은 마음속에 꺼지지 않는 잔불로 남아 오래도록 나를 괴롭혔다. 나 자신 또한 스스로를 불쌍하게 여기는 자기 연민에 깊게 빠져들었다.

지금의 내 인생을 만든 것

❀ ❀ ❀

어린 시절부터 가난한 집에서 자랐지만 나는 주변의 부러움을 꽤 사는 아이였다. 키 크고 예쁘다는 소리를 심심찮게 들었으며 공부도 썩 잘하는 축에 속했다. 노래와 춤, 글쓰기 등 잡기에도 능해 학교에서 열리는 축제나 대회 같은 데 끼지 않는 곳이 없을 정도로 소위 '인싸' 기질이 있었다. 대학을 졸업하기도 전에 일찌감치 취업이 되었으며, 그곳은 들으면 누구나 깜짝 놀랄 만큼 대단한 직장이었다.

그랬다. 그래서 그게 뭐……?

기껏 뭐라도 있는 척 으스대며 입을 열었으나 실상은 그렇고 그런 평범한 스토리에 지나지 않는다. 특별히 대단치도 않은 내 인생이 나는 왜 그토록 억울했던 걸까. 아마 억울함이 아닌 후회에 가까운 감정이었을 것이다. 따지고 보면 누굴 탓할 수 있을까. 나쁜 남자를 만나 끝을 알 수 없는 수렁으로 곤두박질쳤고, 기껏 착한 남자를 만나 남은 인생을 저당 잡힌 미련한 여자는 결국 나인데.

결혼하기 전 나는 두 군데의 직장 근무와 세 번의 장사, 다섯 건의 아르바이트 그리고 한 번의 연애로 이십 대를 보냈다. 참담하고도 끔찍한 시간이었다. 어쩌면 결혼 전의 삶이 내게는 더 치열했다고도 할 수 있다.

결혼을 하고 이제야 몸과 마음이 편안한 세상을 만나는가 했는데, 또다시 암흑 속에 갇혔다. 이 결혼이 끝없는 불행의 연장선상에 있다고 생각돼서 그토록 벗어나고 싶었는지 모른다. 실은 그렇게까지 남편을 미워하지 않아도 될 일이었다. 결혼 후의 삶이 결코 평탄했다고 말할 수는 없지만, 내 불행의 전부가 남편 때문만은 아니었으므로.

오직 남편에게로 향하던 화살은 이제 나 자신을 향해 아픈 촉을 들이댔다. 더 큰 바다로 나가려면 수영에 능숙해야 했으며, 이상을 크게 가졌다면 용기 또한 더 크게 냈어야 했다. 나의 잘못은 세상을 너무 몰랐던 것이었다. 성급한 선택들, 잘못 들어선 길에서 빨리 벗어날 수 없었던 용기 부족을 탓해야 했다.

왜 나는 다른 사람들처럼 똑똑하게 굴지 못했나. 왜 당당하지 못했고, 조금 더 천천히 들여다볼 줄 몰랐고, 미래를 미리 그려볼 줄 몰랐던 것인지. 지난날의 후회가 봇물 터지듯 밀려왔다. 결국 내 인생을 망친 건 다름 아닌 나. 이런 생각에 이르렀을 때는 온몸의 진액이 다 빠져나가 버린 듯한 허무함을 느끼기도 했다.

이런 나를 탓하고 원망하고 지난날을 후회하는 데 꽤 많은 시간을 보냈다. 끝없는 후회와 아쉬움 그리고 한탄으로 소중한 시간을 탕진했다. 나의 지겨운 레퍼토리는 잘못된 악보의 되돌이표처럼 귀가 아프도록 연주되었다. 지금의 내 인생을 만든 건 누구인가? 답은 이미 뻔하게 나왔는데도 그걸 순순히 인정하고 받아들이기가 힘들었다.

나대로 행복할 수 있다, 어쩌면

❀ ❀ ❀

인생은 결국 순간의 선택들이 모여 결정된다. (금수저로 태어났느니, 흙수저로 태어났느니 하는 말은 집어치우자. 그것은 정말 아무리 용을 써봐도 우리가 결정할 수 없는 신의 영역이지 않은가.) 그 선택이라는 것에는 타고난 성향이나 성격 패턴, 자라온 환경이 깊게 영향을 미칠 수밖에 없다. 어쨌든 그건 어디까지나 자신의 책임이기도 하다. 누구에 의해서가 아닌, 주어진 운명도 아닌, 자신이 만들어낸 삶인 것이다.

어느 누군들 젊은 시절 한때 빛나지 않았겠는가. 그렇지 않은 생이 어디 있으랴. 어느 누군들 지나온 자신의 인생이 아깝지 않겠는가. 그렇게 생각하지 않을 이가 또 어디 있으랴. 그 속을 낱낱이 들여다보면 놀랍지 않은 삶이란 없다.

내 인생이 여전히 아쉽고 안타깝다는 생각이 들면 한때는 무척 화려하게 빛나다가 스러진 유명인들을 보며 자신을 다독였다.

"저런 사람들도, 저렇게 잘나고 대단한 사람들도 인생의 풍파 앞에서는 당해낼 재간이 없었던 거야."

인생이란 원래 그런 것이니 그리 엄살을 부릴 필요가 없었다. 그만하면 되었다. 누구의 탓도 아니었다. 내 탓이라고 할 필요도 없었다. 나는 그저 너무 늦게 알았을 뿐이다. 모든 것은 변할 수 있고, 끝이 나는 지점도 있다는 걸 그때 알지 못했던 것뿐이다.

그 이후 질문은 새로이 시작되었다.

"나는 누구인가? 나는 앞으로 어떻게 살아가야만 하는가?"

스스로를 바보 같다고 질책하며 지난 삶을 후회한 것도 결국엔 남들과 나를 비교했기 때문이었다. 나 자신을 있는 그대로 받아들이지 못했기에 자꾸 그런 마음이 들었을 테다. 나를 그대로 인정하고 나만의 길을 꿋꿋이 걸어간다면 이제 한탄을 할 필요도 없겠지.

그래, 내가 그렇게 살 수밖에 없었다면 그게 바로 나인 거니까. '바보 같은 나'가 아니라 '나대로 살아가는 나'라는 것을 일찌감치 깨우쳤어야 했다. 태어날 때부터 오직 나에게만 주어진 고유한 감성과 마음, 생각. 그것들이 빚어낸 결과물을 사랑할 수는 없어도 이제는 끌어안을 수 있겠다고 느낀

다. 나는 나대로 어쩌면 행복해질 수 있을 것 같다는 생각이
든다. 내 삶을 변화시키려고 너무 애쓰지 않는다면, 있는 그
대로의 나를 인정하고 받아들인다면.

3장

여전히 앞날을 생각하면 막막함이 먹구름처럼 덮쳐올 때가 있다.
그럼에도 무슨 일이든 단순하게 생각하려는 노력을
게을리하지 않는다.

알 수 없는 미래를 애써 현재로 끌어와
마음을 괴롭히지 않으려
나는 지금 최선을 다한다.

기다려,
좋은 날이
오겠지

"과외를 꼭 다시 시작해야겠어?"

"응, 한번 해볼게. 기회가 좋잖아."

"그냥 복지관 같은 데 다니면서 자기가 배울 수 있는 거 배워보는 건 어때?"

"……."

남편은 한참 동안 말이 없었다. 기분이 상한 걸까? 복지관 얘길 나도 모르게 입 밖으로 꺼내놓고 스스로도 흠칫 놀랐다. 예전의 기억이 저절로 소환되었다. 무례한 사람들과 다를 바 없는 말을 한 것 같아서 못내 마음이 좋지 않았다.

'당신은 이제 꼼짝없이 시각장애인의 삶을 살아야 하잖아. 그러니 지금부터라도 장애인 복지관을 다니며 필요한 것들을 배우는 게 나을 텐데…….'

이런 속마음까지 읽혀버렸을지도 모른다.

남편은 과외방 문을 닫기 전부터 지인들에게 새로운 일거리를 알아보고 있었던 듯하다. 어디 취직을 하기 불가능한 상황임에도 마냥 가만히 있을 수만은 없으니 연락을 돌려본 것이겠지. 그러다 예전에 인연이 있던 과학 선생님이 우리 집 가까운 곳에서 과외방을 하고 있다는 걸 알았고, 그분과 이야기가 잘되어 당분간 공짜로 공간을 쓸 수 있게 되었다.

그곳은 서울에서 강남, 목동 다음으로 손꼽히는 유명 학원가였다. 나는 '○○동'이라는 말만 듣고도 지레 겁을 먹었다. 그쪽 학부모들이 얼마나 깐깐하고 까다로울까. 괜히 이리 치이고 저리 치이며 상처만 더 받게 되는 것은 아닐까? 물론 학력과 경력으로 치자면 남편은 어디 가서도 기가 죽지 않는다. 문제는 눈이다. 아무리 능숙한 실력과 화려한 언변으로 커버를 한다고 해도 학생들이 선생님의 눈 상태가 예사롭지 않다는 걸 눈치채는 건 시간문제일 것이다.

학업 성과와는 별개로 눈이 불편한 선생님에게 공부를 배우기 싫어하는 아이들이 분명 있을 거라는 걱정이 들었다. 그것이 단순한 기우가 아님을 우리는 이미 잘 알고 있다. 지금까지 그런 일을 수없이 겪어왔다. 그럼에도 남편은 꿋꿋이 자신의 자리를 지켰고, 다행히 예전 과외방에서는 믿고 따르는 학생들이 꽤 있었다.

하지만 여긴 분위기가 또 사뭇 다를 것이었다. 사제지간의 정이나 의리 따위의 감상을 기대해볼 수도 없지 않겠는가. 치열함으로 살아남아야 하는 동네일 테니까.

아무것도 기대하지 않지만

❋ ❋ ❋

본인이 해보겠다는데, 할 수 있다는데, 왜 말리고 나서는 거야. 내가 무슨 권리로.

나는 이미 남편에게 경제적인 부분을 크게 기대하지 않는다. 복지관에 다녀보라고 한 것도 집에만 있으면 우울해지지 않을까 싶어 한 말이었지 새로운 일거리를 찾아보라는 뜻은 아니었다. 내 생각이 이렇다면 더더구나 남편의 결심을 돌릴 명분이 없는 것이다.

남편으로서도 복지관에 가는 것보다는 어딘가로 출근을

하는 편이 훨씬 낫겠다 싶었다. 거기다가 당분간은 비용도 들지 않는다고 하니 사실 반대할 이유는 전혀 없었다. 상처받고 무시당할까 봐 미리 겁먹고 낙담하는 마음만 버린다면.

　얼마 후, 아파트 단지에 과외방 광고를 붙이는 것으로 일은 시작되었다. 역시 학구열이 높은 동네답게 전단지를 붙이자마자 전화가 꽤 여러 통 걸려왔다. 하지만 실제 상담으로 이어진 건 단 한 차례.

　상담 날짜가 잡히자 나는 급하게 과외방 청소에 나섰다. 막상 가서 내 눈으로 그 공간을 확인하자 조금은 안심이 되었다. 책상과 의자 외엔 별다른 가구가 없어서 남편이 그 안에서 움직이는 데 큰 불편이 없을 것 같았다.

　다음 날, 드디어 첫 상담을 위해 남편과 까꿍이를 태우고 과외방으로 향했다. 상담이 끝날 때까지 밖에서 기다렸다가 다시 그를 태우고 와야 했다. 기다리는 시간에 까꿍이 산책이라도 시키자 싶었다. 남편을 들여보내 놓고 낯선 동네 탐색에 나섰다. 날이 참 좋았다. 바로 코앞에 있는 불암산의 바위들이 훤히 올려다보일 정도로 쾌청했고 바람은 시원했다.

그러나 내 마음은 온통 콩밭에 가 있었다. 잘하고 있겠지? 가까이 앉은 사람과는 눈도 잘 맞추고 설명도 잘할 테니까 괜찮겠지? 마치 이제 막 유치원에 아이를 처음 보내놓은 엄마처럼 걱정이 들었다. 낯선 동네라서 그런지 까꿍이도 꼬리를 잔뜩 내린 채 잘 걷지 않으려 했다. 더 이상 걷기를 포기하고 나무 그늘이 진 한적한 벤치에 걸터앉았다. 심호흡을 몇 번 내뱉으며 기도문 같은 말을 입속으로 중얼거렸다.

"아무것도 기대하지 않아. 섣부른 희망을 품지도 않아. 나는 그냥 기다릴 뿐이야. 그저 인내할 뿐이야. 내 앞의 생을 닥치는 대로 받아들일 뿐이야."

남편의 철석같은 약속

❋ ❋ ❋

"어때? 잘했어? 실수 안 했어?"

40분쯤 지나 남편으로부터 끝났다는 연락이 오자마자 나는 질문을 연속으로 뱉어냈다.

"그럼, 잘했지. 넌 남편을 아직도 그렇게 몰라? 아주 홀딱 넘어오게 만들어버렸지!"

"오오! 수강하겠대?"

"아니, 나중에 다시 연락하겠대."

"아······."

"곧 있으면 추석이고, 또 중간고사도 아직 안 끝났잖아. 기다려보면 오겠지."

"그······렇겠지. 기다려보면 오겠지."

말은 그렇게 했지만 남편은 첫 상담에 긴장을 많이 한 눈치였다. 운전을 하며 힐끔힐끔 옆을 돌아보니 지그시 눈을 감고서 무언가 생각에 잠겨 있는 듯 보였다. 나는 혹여 그런 남편에게 방해가 될세라 평소보다 더 조심히 운전을 했다.

그런데 역시 변치 않는 캐릭터의 이 남자. 그의 입에서 불쑥 튀어나온 말에 잠시 얌전하게 내려가 있던 내 눈꼬리가 다시 치켜 올라갔다.

"자기야! 오늘 첫 상담도 했는데, 기념 삼아 저녁으로 치킨 한 마리 어때?"

"입금도 안 됐는데 미리 샴페인부터 터트리게?"

"오케이! 그럼 치킨은 입금되면 먹는 걸로. 나중에 딴말하기 없어? 기다려, 내가 일주일에 치킨을 한 마리씩 먹게 해 주겠어!"

엄마 아빠의 난데없는 치킨 타령에 뒷자리의 까꿍이가 고개를 연신 갸웃거렸다. 그런 까꿍이를 보며 나는 다짐인 듯 바람인 듯 혼잣말처럼 말했다.

"까꿍아, 우리 기다려보자. 아빠가 일주일에 한 마리씩 치킨을 먹여주시겠다잖니."

과연 우리에게 그런 날이 올 수 있을까? 기대하진 않지만 기다려볼 순 있을 것 같아. 까꿍이 너의 일생이 '기다려'의 시간들로 채워져 있듯이, 엄마의 인생도 어느새 기다림의 날들로 채워지고 있어. 지금 엄마가 할 수 있는 최선은 그것뿐이거든. 기다리면 좋은 날이 올 거라는 믿음으로 하루하루 힘을 내서 살아가는 것.

첫 번째
치킨

일주일 후, 남편에게 또 한 통의 상담 전화가 걸려왔다. 수화기 너머의 학부형은 한참이나 통화를 한 후에도 뭔가 아쉬움이 남았는지 직접 방문하길 원했다. 그로부터 세 시간 후에 만나기로 약속이 잡혔다. 그때부터 서둘러 나갈 채비를 했다. 간단하게 점심을 차려 먹고, 남편이 가진 옷 중 가장 좋은 옷을 골라 입히고, 안경을 광나게 닦아주고, 손톱도 너무 길지는 않은지 체크했다.

　집에서 자동차로 25분 남짓 떨어진 과외방으로 차를 몰았다. 약속은 2시였지만 한 시간 먼저 도착했다. 상담이 다 끝날 때까지 기다리려면 나는 적어도 한 시간 삼십분 정도는 대기해야 할 터. 그동안 주변을 산책할 요량이었다. 그러나 근처 아파트 단지를 몇 분 걷지도 않아서 멈출 수밖에 없었다. 몸에 기력이 없어서 자꾸 앉고 싶은 생각만 들었다.

차로 돌아와 좌석을 한껏 뒤로 젖혀놓고 몸을 뉘었다. 라디오에서 흘러나오는 음악을 들으며 가만히 눈을 감았다. 몸이 자근자근 쑤시고 으슬으슬 오한이 들었다. 때마침 헤르페스 바이러스가 온몸을 덮친 시기였다. 그래서 그날은 상담을 하고 있는 남편 걱정은 뒷전이었다. 약 기운 탓에 몽롱한 상태, 혹은 반수면 상태로 그 시간을 지루하게 흘려보냈다.

모두가 조카의 마음일 수는 없는 것

※ ※ ※

상담은 길어지고 있었다. 한 시간이 훌쩍 넘어서야 남편으로부터 끝났다는 연락이 왔다. 결과가 어떻게 됐는지 먼저 물어보지 않았다. 나는 기대하지 않는다. 그저 기다릴 뿐이다. 마음속 다짐이 나의 조급증을 진득하게 눌러주고 있었다.

"다음 주 수요일부터 수업하기로 했어."

"……그래? 잘됐네. 수고했어."

호들갑스럽지 않게 대꾸했지만 운전대를 꽉 부여잡고 있던 손이 어쩐지 느슨해지는 느낌이었다. 긴장이 풀린 것일까, 아니면 또 다른 걱정이 들이닥친 탓일까. 남편은 이제 겨우 하나의 고비를 넘긴 것뿐이다. 학부모와 대면하고도 수강 신청을 받았다는 건 일단 믿음을 줬다는 얘기다. 수업을 하는 그의 모습에 학생이 거부감을 느끼지 않아야 될 텐데.

자세히는 모르지만 남편은 아이패드를 이용해서 수업을 한다고 했다. 아직 중심시력은 약하게 남은 상태이기 때문에 글씨를 최대한 확대하여 눈 가까이로 가져가면 식별이 가능한 모양이다. 하지만 하루에 한 타임만 수업을 해도 그의 눈은 시뻘겋게 충혈이 되기 일쑤였다. 잃어가는 시력을 자신이 가진 지식과 노하우 그리고 언변으로 극복해나가는 듯했다. 그런 낯선 광경을 이해하는 것까지는 아니어도, 무심히 지나치는 학생만이 남편과 오래갈 수 있는 것이다.

언니의 아들인 고등학생 조카에게도 남편은 그런 식으로 지금까지 수학을 가르쳐주고 있다.

"전혀 불편한 거 없는데요? 그런 게 뭐 문제 되나요?"

언젠가 내가 남편과의 수업에 대해 넌지시 물어봤을 때 조카가 내놓은 말이었다. 쿨한 척 얘기하는 그 말속에서 이모부를 향한 배려심이 느껴져 참 기특한 마음이 들었다.

하지만 이 세상 모두가 다 조카의 마음일 수는 없는 것. 막상 수업을 시작하기로 했다고 해도 처음 한 달이 늘 시험대가 될 것이었다.

"오늘 저녁에 치킨 먹자!"

집 앞에 주차하며 내가 먼저 말했다.

"어? 입금되면 먹기로 했잖아."

"이 정도면 입금된 거나 마찬가지지 뭘. 시간표까지 다 짰는데."

고작 치킨 한 마리에 그는 차 안에서 환호를 지르며 공중으로 연이은 어퍼컷을 날려댔다. 과한 할리우드 액션도 이 남자의 변치 않는 특기다.

마침내 모든 게 편안해진 상태로

❀ ❀ ❀

모든 꿈을 다 버렸다고 하면 너무 삭막하려나? 내가 가진 꿈은 닿을 수 없는 욕심이기도 했다. 그래서 모든 꿈을 버렸다는 건 모든 욕심을 내려놓았다는 뜻도 된다. 아직도 가끔

씩 소설을 쓰고 싶은 욕구가 늦여름 매미 울듯 마음속에서 찌르르 울다가 사그라지곤 했다.

"맨날 빌빌거리고 아프느라 머리가 먹통이 되었는데 소설을 어떻게 쓰니? 일단 제발 아프지나 말자. 내일은 뭘 해서 먹고살지 우선은 그것부터 챙기자."

그럴 때마다 스스로에게 야단치듯 타일렀다. 그리고 하루 벌어 하루 먹고사는 삶도 그다지 팍팍한 것만은 아니라는 걸 알게 되었다. 그 속에서 불안을 잠재우기만 하면 뜻하지 않은 평화가 찾아온다. 그것이 허무함보다는 마음의 여유로움으로 다가와 고마울 뿐이었다.

당장의 것만 해결하는 삶, 닥치는 대로 순응하는 삶. 그것이야말로 미래에 대한 불안으로 피폐해가는 내 마음을 다독이는 유일한 방법이었다. 더 나약해지고 무기력해졌다고 비쳐질 수도 있겠으나 그것과는 결이 다르다. 그렇게 나는 초월의 경지로 가고 있다고 믿고 싶었다. 그리하여 마침내 모든 게 편안해진 상태로 수렴되길 희망했다.

어쩌다 보니
자식이 셋

우리 집의 구성원은 '3인 1견'이다. 사람 세 명, 강아지 한 마리. 나의 여동생과 우리 부부가 함께 산 지도 벌써 십 년이 다 되어간다. 강산도 변할 만큼의 긴 시간 동안 불편한 동거를 이어온 것이다. 결혼 3년 차에 우리가 서울로 이사를 오고, 약 한 해 뒤 동생도 나를 따라 서울로 이주했다.

우리가 처음부터 한집에서 살았던 건 아니다. 그즈음 남편의 눈이 많이 안 좋아지며 실직을 했고, 살림집에 과외방을 차리게 되었다. 그때는 과외방이 꽤 잘되었던지라 남편은 오후 3시경부터 거의 밤 12시까지 연달아 수업을 했다.

내 근무 시간은 오후 1시부터 7시까지였다. 그래서 퇴근 후에 곧장 집으로 들어가지 못하고 밖에서 시간을 보내는 유랑생활이 이어졌다. 어느 날은 언니 집에서, 또 어느 날은 동생 집에서. 그도 여의치 않은 날엔 차에서 시간을 때워야 했다. 언니와 동생 집에 머무는 것이 딱히 불편하진 않았지만, 퇴근 후 집에 바로 들어갈 수 없다는 건 참 여러모로 고달픈 일이었다. 그런 날이 이 년 넘게 이어지다 보니 정말 신물이 날 정도로 견디기 힘들었다.

밤 12시에 집에 들어가면 허기와 피곤에 지친 남편을 위해 부리나케 뭐라도 차려줘야 했다. 그런 후 이것저것 하다 보면 새벽 2~3시쯤 잠자리에 들 수 있었다. 다음 날 9시가 넘은 시각에 일어나선 또 정신없이 집안일을 하고, 식사 준비를 하고, 남편의 간단한 저녁 도시락까지 챙겨놓은 후 집을 나섰다. 그는 거의 주말에도 수업을 했기 때문에 나는 일주일 내내 유랑자 신세로 이 집 저 집을 전전하거나 홀로 차 안에서 시간을 보내는 날을 이어갔다.

3인 1견, 그렇게 가족이 되다

❀ ❀ ❀

당시 나는 내게 닥친 여러 가지 일로 심한 우울증을 앓고 있었고, 임신을 위해 인공수정을 시도 중이었다. 과배란 주사를 혼자 차 안에서 스스로 놓았던 적도 여러 번이다. 마치 도망자처럼 주위를 힐끗거리며 바지춤을 내릴 때의 그 심정을 뭐라고 해야 할까. 겁먹은 손으로 주삿바늘을 배에 찌르는 순간에는 비련의 주인공이 따로 없는 기분이 들었다.

그런 열악한 생활 여건 또한 우울증을 심화시키는 데 한몫 단단히 했다. 도저히 형편이 안 되었으므로 과외방 이외의 다른 집을 얻는 것은 꿈도 못 꿀 일이었다. 그때 동생이 함께 살기를 제안했다. 혼자 살 땐 오피스텔 같은 작은 평수의 집도 충분했지만 같이 살려면 아무래도 그보다는 큰 집이어야 했다.

더 비싼 보증금과 월세를 선뜻 부담하며 동생은 우리를 위해 새집을 얻었다. 언니로서 너무 염치없는 일이었다. 또 형부와 처제가 함께 어울려 산다는 것도 상당히 거북한 일이었다. 하지만 나는 더 이상 물러설 데가 없었다. 그런 생활을 계속하다간 금방이라도 미쳐서 정신을 놓아버릴 것만 같았다.

그렇게 해서 우리는 지금껏 함께 살고 있다. 그동안 빚은 다 갚았지만 아무것도 남지 않은 빈털터리 신세이다 보니 우리 부부가 아직도 동생 집에서 살고 있는 형편이다.

그랬거나 어쨌거나 아무튼 우리 가족은 꽤 화목하게 잘 살고 있다. 일단은 남편도 동생도 둘 다 착하고 이해심이 많은 사람들이다. 그러니까 좁은 집에서 복닥거리며 살아도 지금껏 얼굴 붉히는 일 한 번 없었겠지.

이런 집안의 화목에는 나의 중간자 역할도 상당히 컸다고 자평하는 바인데, 늘 혼자 이런 속엣말을 하는 것으로 나의 노고를 스스로 치하하곤 한다.

"너희들은 나 없으면 개털이야. 내가 이리 잘 챙겨주니까 망정이지, 나 아니면 맨날 라면이나 먹고 살았겠지!"

동생과 살아서 좋은 점은

❀ ❀ ❀

내 팔자에 배 속으로 낳은 자식은 한 명도 없지만, 졸지에 자식을 셋이나 얻은 듯한 느낌이 들 때가 있다. 손이 많이 가는 걸로 치자면 남편이야 두말할 것도 없고 '개아들'도 만만치 않은 돌봄이 필요한 대상이다. 늘 바쁜 동생은 거의 하숙

생처럼 집에 머무는 시간이 짧다.

한동안은 동생이 직장을 다니며 일주일에 세 번은 대학원을 가고 나머지 요일엔 필라테스를 했다. 매일 밤 10시가 조금 넘어서야 집에 돌아올 수 있는 일과였다. 그렇기에 동생 또한 내 손길이 필요한 상황이었다. 부산스런 동생의 출근길엔 나도 덩달아 바빠졌다. 간단한 먹을거리를 챙겨주고, 커피를 내려 텀블러에 넣어주고, 대학원 가기 전에 먹을 간식거리를 싸주고, 때론 그날의 옷차림도 평가해줬다. 그야말로 다 큰 딸내미가 따로 없었다.

동생은 늦은 시각에 귀가를 하며 가끔은 분식집이나 편의점에 들러 야식을 사 오기도 했다. 그 시간을 남편은 알게 모르게 손꼽아 기다렸다. 동생이 돌아올 때쯤에 들려오는 문자 메시지 소리에 늘 촉각을 곤두세웠다. 남편의 통신사 멤버십카드를 동생이 대신 사용했기 때문에, 동생이 편의점 등에서 포인트를 사용해 결제를 하면 문자가 그에게 날아왔던 것이다.

그날도 남편의 개인 비서 '시리' 씨가 열일 중이었다. 휴대폰 메시지 알림이 울리자 그는 어김없이 비서를 호출했다.

"시리야, 메시지 읽어줘."

"네, 알겠, 습, 니다."

시리가 어설픈 어조로 대답을 한 뒤 곧바로 뭐라 뭐라 한다.

"자기야, 막둥이가 편의점에서 뭐 샀다!"

남편이 들뜬 목소리로 작게 소리쳤다. 그 시각 나는 이미 체력이 바닥나 빌빌거리고 있었으므로 남편의 말을 귓등으로 흘려들었다.

"근데 뭘 한 개만 산 거 같으네."

뒤이어 풀 죽은 남편의 목소리가 들려왔다. 할인된 금액이 소액인지라 그렇게 짐작을 하는 것 같았다.

"띠링!"

곧 또다시 문자 메시지가 울려왔다. 그는 재빨리 시리를 소환해 메시지를 확인했다.

"오 예, 자기야! 막둥이가 방금 전 거 취소하고 다시 샀다. 이번엔 세 갠가 부다!"

"으이그, 인간아!"

내 입에서 잠꼬대처럼 흘러나오는 말. 남편의 천진난만함은 상황에 따라 극과 극의 이중성으로 다가온다. 내 심기가 편할 때는 '긍정 바이러스'로, 불편할 때는 '꼴 보기 싫음'으로.

저렇게도 좋을까 싶었다. 동생이 무언가를 자기 것만 사려다가 우리 것까지 다시 결제를 한 모양이었다.

"다녀왔습니다."

"어서 와. 고생했어."

잠시 후 배고프고 지친 기색의 동생이 들어오자, 남편은 방금 전의 호들갑은 간데없는 근엄한 목소리로 처제를 맞이했다. 어처구니가 없어서 콧방귀가 저절로 새어 나왔다.

"형부, 소시지 드세요."

"으응? 웬 소시지? 배고플 텐데 너나 먹지, 뭘 우리 것까지 사 와."

그의 뻔뻔한 시치미가 더없이 가소로워 나는 속으로 한 번 더 '으이그, 인간아!'를 중얼거렸다. 남편 입장에서 동생과 함께 살아 좋은 점이라면 공으로 먹을 게 많이 생긴다는 점일 것이다. 동생은 종종 형부가 좋아하는 '참이슬 빨간뚜껑'을 선물처럼 사다 안기기도 하고, 밖에서 누굴 만나 맛있는 걸 먹으면 어김없이 우리의 몫까지 포장을 해 온다.

꽃 꽃 꽃

아무리 다툼 없이 평온하게 지낸다고 해도 언제까지 우리가 함께 살 수는 없는 일일 것이다.

"나는 언니가 밥해주고 살림 다 해주니까 너무 편하고 좋지 뭐."

동생인들 어찌 불편하고 답답한 순간이 없겠는가. 동생에게도 자기 집 안에서 누릴 수 있는 자유가 필요할 텐데, 늘 저렇게 얘길 해주어서 참 고마웠다.

여전히 남편은 동생의 귀가를 손꼽아 기다린다.

"까꿍아, 아빠가 촉이 왔어! 오늘은 왠지 이모가 순대를 사 올 거 같은데? 그럼 우리 까꿍이도 간 하나 얻어먹고 진짜 좋겠다, 그치?"

'순대'라는 단어를 귀신같이 알아듣는 우리 집 강아지가 벌써부터 이리저리 폴짝거리며 까불기 시작했다. 까꿍이를 따라서 남편도 그 큰 덩치로 덩실덩실 춤을 추었다. 둘의 모습을 보며 나는 오늘만큼은 '으이그, 인간아!' 대신 살포시 웃음을 지었다.

그래, 인생 뭐 있어? 이렇게 사는 거지. 순대 한 접시, 소시지 하나에도 오두방정을 떨며 즐겁게 살면 되는 거지. 내일이면 소멸될 찰나의 긍정이라도 그 순간만은 진심으로.

팔자 좋은
여자 대신
의리 있는 여자

"마더 테레사 사주를 가지고 있네요."

서울에 올라온 지 얼마 안 되었을 때였다. 지인의 아는 사람이 사주 카페를 열었다고 해서 따라간 적이 있다. 그때 오죽 답답했던지, 사주나 점이라곤 생전 본 적도 없던 내가 그곳을 내 발로 따라갔었다. 내 사주에 물이 많다고 했는지 금이 많다고 했는지는 기억이 나지 않는다. 자녀가 몇 명이 보인다고 했는지 말년 운이 어떻다고 했는지도 역시 기억나지 않는다. 그로부터 14년쯤이 흐른 지금도 나의 뇌리에 깊게 박힌 단 한마디는 저 말이었다.

나도 모르게 '풋' 웃음을 터트려버렸다. 사주를 보는 곳에서 뜬금없는 이름이 튀어나온 것도 우스웠지만, 나를 감히 마더 테레사에 비유하는 코미디 같은 상황에 어이가 없었다.

실은 가슴속으로 한껏 찔리는 구석이 있어서 더 그런 과민반응을 보였는지도 모르겠다.

당시 내 마음은 활활 타오르는 지옥 불 속이었다. 차라리 남편이 어딘가로 사라져버렸으면 좋겠다는 생각을 할 만큼 내게 닥친 현실을, 또 결혼생활을 벗어나고 싶어서 미치도록 애를 끓이던 시절. 그러니 저 말이 얼마나 어불성설처럼 느껴졌을 것이며, 양심에는 또 얼마나 찔렸겠는가.

나는 집으로 돌아와 사주 본 얘기를 남편에게 해주었고, 이후 그는 틈만 나면 나를 '마더 테레사'라고 부르며 놀려댔다. 내 목소리 톤이 조금 높아지려는 기미만 보여도 아주 지겹도록 깐죽거렸다.

"어이, 마더 테레사가 왜 그래?"

"워워, 진정해요, 테레사! 그러지 마더, 화내지 마더~!"

꼬리표처럼 달려버린 그 별명 때문이었을까? 마치 신의 소명을 받은 듯이 나는 지금까지도 남편의 곁을 떠나지 못하고 있다. 혹 정말로 나에게 박애주의 성향이 있는 걸까? 가슴 한구석에 코딱지만큼 붙어 있는 인류애라는 것이 남편을 통해 모조리 발휘되고 있는지도 모를 일이다.

서로를 돌보며 살아가는 존재들

✼ ✼ ✼

그날 들었던 말은 이따금씩 가슴속에 작은 돌멩이를 던져 파문을 일으켰다. 그토록 결혼이라는 굴레에서 벗어나고 싶어 마음을 썩였으면서 남편을 떠나지 못한 진짜 이유가 뭔지 스스로도 늘 의문이었다. '착해서'라는 대답은 너무 뻔하다. 내가 착하지 않다는 건 누구보다 나 자신이 너무 잘 알고 있는데 뭘. 정말 나는 왜 남편을 떠나지 못하는 걸까?

무려 17년 동안이나 계속된 물음과 뒤따라 느껴지던 부조리함. 그래도 시간이 갈수록 내가 미처 알지 못했던 본연의 나를 희미하게나마 발견할 수 있었다. 내 앞에 놓인 삶을 모질게 떨쳐내지 못하는 나를 인정하게 된 것이다. 그런 내가 쉽게 바뀌지 않을 거라는 사실도 깨달았다. 아마 앞으로도 숙명처럼 주어진 이 삶을 벗어날 수 없으리란 걸.

1979년, 마더 테레사께서 노벨평화상을 받을 당시 한 기자가 질문했다.

"우리가 세계 평화를 위해 어떤 일을 할 수 있을까요?"

마더 테레사는 이렇게 대답하셨다.

"집에 돌아가 가족을 사랑해주세요."

나도 자주 이런 생각을 했던 것 같다. 먼 곳의 불쌍한 사람을 안쓰러워하기보단 내 주변의 사람을 챙기는 게 우선 아닐까. 내 가장 가까운 사람을 지키고 돌볼 수 있어야 먼 곳의 다른 이도 도울 수 있는 것 아닐까.

팔자 좋은 여자로 거듭나기 위해 이 운명을 거스른들 삶이 과연 편안할 수 있을까. 아무리 생각해봐도 나는 그런 선택을 하지는 못할 것 같았다. 팔자 좋은 여자를 택한 후에 느낄 죄책감과 타인의 시선, 그런 것들로부터 영영 자유로울 수 없을 거라는 판단이 들었다. 차라리 의리 있는 여자로 남으며 나 자신에게 보다 떳떳해지고 싶은 마음이었다.

알 수 없는 부부의 세계

❀ ❀ ❀

사랑, 의리, 책임감이라는 말로만은 설명이 부족한 것이 부부의 세계다. 고통으로 일그러지는 삶을 살아가면서도 쉽게 끊어낼 수 없는 부부의 인연이란 새삼 놀랍기만 하다. 이런 생각을 거듭할수록 결론은 그래도 살아야 한다는 것. 지금 이대로의 삶을 받아들이고 살아야 한다는 것이었다.

누군가를 책임진다는 건 때론 목덜미를 단단히 움켜잡힌 듯한 억압으로 다가오기도 한다. 하지만 아무도 챙길 사람이 없는 삶인들 과연 행복할까?

인간은 무언가를 주고받는 상호작용에서 삶의 의미와 행복을 느낀다. 우리는 결국 서로가 서로를 돌보며 살아가야 하는 존재들. 누구도 오롯이 혼자서 행복할 수는 없다. 남편에게 주기만 한 것 같아서 억울했지만, 외려 받은 것도 많았음을 늦게나마 깨달았다. 타인에 대한 헌신으로 궁극적인 삶의 의미와 행복을 느끼셨을 테레사 수녀님처럼, 내가 감히 그 이름에 빗대어 남은 삶을 살아내겠다는 결심이 들었다.

나는 단 한 놈만 구원한다!

내가 위대한 그분처럼 만인을 구원할 수는 없다. 그러나 지금 나를 진정으로 원하고 필요로 하는 내 옆의 단 한 사람만은 확실히 구원할 수 있지 않을까. 이 생각만으로도 우선 내 존재의 이유가 설명되는 것 같아 마음이 한결 편안해졌다.

시들어가는 게
아니라
쉬어가는

남편에 대한 입장과 방향성이 어느 정도 정리된 다음부턴 속절없이 흔들리던 마음이 그나마 고요해졌다. 젊었을 때는 그렇게도 받아들이기 힘들었던 니와 남편의 결핍이 이제는 누구나 겪을 수 있는 보편적인 일로 여겨진다.

　이 나이가 되고 보니 주변에서 아프지 않은 사람을 찾기가 더 힘들다. 몸에 크고 작은 불편이나 장애를 가지는 게 나이 듦의 수순이기도 하다. 50평 자기 집에 사는 사람이나 17평 월셋집에 사는 사람이나 하루 세 끼 먹는 것은 똑같다.

　물론 살아가는 데 있어서 먹는 것이 전부는 아니다. 하지만 이 세상에는 건강이 안 좋아 먹고 싶은 음식 하나도 마음대로 먹지 못하는 사람도 있고, 가난이 깊어 다음 끼니를 심각하게 걱정해야 하는 사람도 있다. 모두가 우러러 마지않게 성공을 거둔 사람도 자신만의 아픔으로 극단적인 선택을 하는 인생의 아이러니도 마주하게 된다. 그럴수록 삶의 의미란 무엇인지, 행복이란 무엇인지 생각이 더 아득해진다.

성급했던 결혼에 대한 오랜 후회가 거의 일단락되자 이제는 또 다른 문제가 나의 마음을 어지럽혔다. 이래서 인생이란 그야말로 끝없는 고뇌의 연속이라는 말이 생겨났나 보다. 한고비 넘기면 또 한고비를 넘어야 하는 게 인생의 이치.

내 몸이 나를 위해 내린 처방

❋ ❋ ❋

'너, 마치 병든 식물 같아.'

부쩍 아픈 때가 많아 누워 있는 게 일과인 날을 보낼 때면 문득문득 이런 생각이 들이닥치곤 한다. 무언가에 깊게 집중할 수도 없을뿐더러, 한다 해도 지속 시간이 너무 짧아 금방 지쳐버리고 만다. 이래서야 마음잡고 무슨 일을 제대로 할 수나 있겠나 싶어 금세 우울해진다. 방 한구석에서 조용히 시들어가는 식물이 된 것 같은 기분을 떨쳐버릴 수가 없다.

누구보다 뜨거운 가슴을 가진 사람인 나는 지금도 하고 싶은 게 참 많다. 하루 온종일 소설 쓰기에 파묻혀 살기를 원하다가, 머리를 덜 쓰고 몸으로 부딪히는 일을 해보고 싶기도 하다가, 무모했던 젊은 날처럼 맨땅에 헤딩이라도 해서 이것저것 장사 같은 걸 해보고 싶다가. 몸이 활발하지 못해서 그런지 생각의 활동량은 오히려 임계치를 벗어났다 싶을 만큼 격하게 돌아가곤 한다.

생각은 그저 생각일 뿐. 행동이 뒤따라주지 않는 계획은 공허한 망상에 불과하다. 방금 전의 각오와 다짐이 무색할 만큼 내 몸은 예기치 못한 방향으로 나를 끌고 간다. 분명 여덟 시간 이상의 수면량을 채웠음에도 이틀 밤낮을 꼬박 새운 듯한 극심한 피로감이 느껴진다. 자율신경이 어째 이토록 매번 잘못된 신호를 보내는지 도통 알 길이 없다. 이제는 익숙해질 만한데도 끝내 익숙해질 수는 없는 곤욕이다.

항상 맑고 깨끗한 물로만 채워 넣고 싶은 나만의 월든, 나만의 호수. 그곳에서는 오늘도 새로운 소설이 한 편 시작되고, 작고 어여쁜 집의 주춧돌이 놓이고, 나는 푸르른 자연을 즐기며 탐험한다. 그 아름다운 호수가 고장 난 몸의 공격을 받아 하루에도 몇 번씩 흐린 물이 되곤 한다.

그나마 다행인 건, 속수무책으로 흘러들어 오는 혼탁한 물을 정화할 수 있는 저항력이 생겨나고 있다는 것이다.

"너를 쉬게 하려는 거야."

마음속 누군가가 조용히 속삭이는 소리가 들려온다. 끊임없이 생각하며 무언가 하지 않으면 안 되었던 시절, 그렇게밖에 살 수 없었던 시절이 있었다. 그 뿌리 깊은 삶의 방식이 축적되어 아직도 스스로를 불안하게 만든다. 무언가를 바삐 하지 않으면 마치 내일이 오지 않을 것처럼, 잠시라도 멈춰 있는 시간을 아깝다고 생각하며 못 견뎌하는 것이다.

"그래서 너를 쉬게 하려는 거야. 이렇게라도 하지 않으면 계속 움직일 거잖아. 여전히 스스로를 혹사시킬 거잖아."

이 정도로 만족해도 괜찮아

❀ ❀ ❀

내가 바삐 움직이지 않아도 일상의 시계추는 잘 돌아간다. 아직 쌀통의 쌀이 떨어지지 않았다는 건 내가 아무것도 하지 않은 채 사는 건 아니라는 증거다. 이 정도만으로도 살아갈 수 있다면 이 정도로 만족해도 크게 문제 될 것은 없으리라. 그러니 더 열심히 살지 못하는 삶을 자책할 필요도 없다.

물론 필연적인 불안을 끌어안은 채 살아가야 하겠지만 이제는 그 무게에 압도당하지 않을 만큼 배포를 지니게 되었다. 지나간 삶을 살뜰한 마음으로 반추하고, 애썼다 수고했다 스스로를 다독여줄 정도로 마음의 폭도 넓어졌다.

"아프니까 쉬어라. 너의 몸에 집중해라. 단순하게 살아라. 지금까지 애 많이 썼잖아. 다른 건 몰라도 이젠 몸이라도 좀 편안하게 쉬게 해주어야지."

내 몸이 나를 위해 극약 처방을 내린 것일지도 모른다고 생각하면 심신이 조금이나마 편안해진다. 그렇다면 이제는 감사히 받아들여 보자는 마음도 새록새록 생겨난다. 나는 지금 치유 중이다. 이제는 진심으로 그렇게 믿는다. 요즘은 그래서 뭐니 뭐니 해도 건강이 최고라는 특별할 것 없는 말을 아주 지당하게 받들고 산다.

밤마다
달님에게
빌었어

밤마다 온 마음을 다해 빌었다.

검은 밤에도 시리도록 찬란한 빛으로

어둠을 밝히는 달님에게.

내 건강을, 남편의 눈을

그리고 우리의 미래를.

거실 방의 한 귀퉁이가 나의 침실이다. 안방은 동생에게 내어주고, 복도 쪽 골방은 남편의 차지로 미루어둔 뒤, 방문도 없는 난장 같은 곳에 내 자리를 마련한 지 꽤 되었다. 하루 종일 나는 여기에 머무른다.

이곳엔 낡고 작은 소파가 있고, 손바닥만 한 책상이 있고, 결혼할 때 가지고 온 17년 된 화장대가 있고, 역시 혼수로 가지고 온 TV가 있고, 놀랍게도 작은 옷장과 옷걸이도 있다. 다

닥다닥 붙어 앉은 가구들 틈새에서 나는 우리 집 강아지와 함께 매일 밤 달콤한 꿈을 꾼다.

자기 전엔 걸레를 깨끗이 빨아서 작은 공간을 구석구석 청소한다. 걸레가 지나간 자리는 금세 깨끗해진다. 하루 동안 쌓인 얇은 먼지가 순순히 쓸려나간다. 한 톨의 미련도 남기지 않고. 그럴 때면, 내 하루치의 고민도 그렇듯 미련 없이 사라지면 좋으련만 하는 생각을 종종 한다.

아무튼 낡고 어수선한 공간이어도 그때만큼은 제법 말끔해진 얼굴이 된다. 그곳에 이불을 깔고 몸을 누이면 식탁 밑에 있던 강아지가 어느새 내 옆자리로 뽀르르 다가온다.

그 순간이 참 좋다. 녀석의 이마에 뽀뽀를 하고, 등을 몇 번 쓰다듬고, 앙증맞은 발바닥에서 풍겨오는 '꼬순내'를 맡으면 그 무엇과도 바꿀 수 없을 것 같은 충만함이 차오른다. 코끝에서부터 퍼져나간 행복감은 내 심장의 가장 어두운 구석까지 가닿아 불안을 가만가만 잠재운다.

그 순간만은 모든 시름이 잊힌다.

간절한 기도가 하늘에 닿았을까

❀ ❀ ❀

내가 이 공간을 좋아하게 된 건 그리 오래되지 않았다. 좋아하긴. 나를 둘러싼 모든 것에 진저리를 치곤 했는데. 몸을 조금이라도 크게 움직일라치면 발끝에 소파 모서리가 부딪히고, 옷장 속의 옷이 쓸리고, 머리 위로는 냉장고 모터 돌아가는 소리가 나는 데다, 코로는 강아지 배변판의 지린내가 훅 끼쳐 들어오는 곳. 이런 곳이 좋았을 리가 있을까. 동생이 얻은 월셋집에 우리 부부가 얹혀살고 있다는 사실을 떠올리는 것만으로도 나는 자주 어디론가 증발해버리고 싶은 생각이 들었다.

끝이 없이 늘어선 도로 위 차들 때문에 조금도 앞으로 나아갈 수 없는 때가 있다. 그러다가 어느 순간 거짓말처럼 정체가 순순히 풀리는 시점이 오듯, 나에게도 지긋지긋하던 공간이 어느 날 거짓말처럼 편안하고 안락하게 다가온 때가 있었다. 이미 한 차례 건강을 잃은 후라 그건 아마 체념 같은 것이었을지도 모른다. 몸만 아프지 않다면 그 어떤 것이라도 받아들일 수 있다는 절박함이었을지도. 이런저런 시련이 깊어 나도 모르게 점점 해탈의 경지에 다가가는 게 아닌가 하는 생각도 들었다. 이유야 어찌 되었든 정말 다행한 일이었다. 아직도 내가 그런 지긋지긋함과 싸우고 있었다면 너무 끔찍했을 테니까.

요즘은 이 공간을 좋아할 이유가 하나 더 생겼다. 얼마 전 일이다. 언제부터였을까. 밤에 자려고 누웠는데 베란다 창문 너머로 달빛이 나를 한가득 비추고 있는 게 느껴졌다.

전에 없던 새로운 현상을 처음 발견한 사람처럼 나는 왠지 모를 흥분에 들떴다. 눈이 부실 정도로 너무나 밝은 빛에 깜짝 놀라 이게 무슨 일인가 싶었다. 신비함마저 들어서, 나는 나비잠을 자는 아이처럼 좁은 바닥에서 몸을 활짝 펼쳤다. 예사롭지 않은 달빛의 기운을 한껏 느끼고 싶었다. 그리고 빌었다. 내 건강을, 남편의 눈을 그리고 우리의 미래를.

간절한 기도가 하늘에 닿았던 걸까? 그 후 정말 믿을 수 없는 행운이 찾아왔다. 국민임대 아파트의 서류접수 대상자로 선정되었던 것이다. 우리 부부와 동생이 각각 따로 신청을 했는데 모두 명단에 있었다. 이를테면 1차 합격인 셈인데,

그쯤 되면 거의 70~80퍼센트 이상의 당첨 확률을 기대해도 좋다고 한다. 너무 얼떨떨해서 우리는 몇 번이나 접수번호를 확인하고 또 확인했다. 경거망동하지 않으려고 했지만 도저히 흥분을 가라앉힐 수가 없었다.

오랫동안 지쳐 있던 사람에게는 일말의 희망마저도 눈부신 여명의 빛으로 다가올 때가 있다. 현실은 종종 기대와는 반대 방향으로 가곤 하지만, 그래서 뒤이어 찾아오는 좌절감은 사람을 더없이 무력하게 만들지만, 그래도 우린 매번 기대하게 된다.

행복의 조건

❀ ❀ ❀

시간이 흘러 우리는 국민임대 아파트 청약 최종 당첨 통보를 받았다. 내년 2월에 드디어 경기도에 있는 임대 아파트로 이사를 간다. 동생과 우리 부부가 모두 당첨이 된 것도 기쁘지만, 집의 위치가 앞뒤 동으로 나란히 배정된 것이 그저 꿈만 같다. 우리 집은 예전 단위로 치자면 19평 정도, 동생 집은 9평 정도로 아담한 사이즈다. 그래도 더할 나위 없다. 무엇보다 새 아파트이고 주거비도 서울의 월세에 비하면 거의 삼분의 일 수준으로 떨어진다. 이변이 없는 한(우리의 재산이 가파르게 불어나지 않는 한) 이사를 가지 않고 그곳에서 꼬박 30년을 살 수도 있다.

'이제 되었어. 그래, 이제 다 된 거야.'

그 사실을 떠올리면 봄날의 나른함 같은 안도감이 몸과 마음을 조용히 감싸온다. 오랜 시간 퇴로 없는 비행을 하다가 비로소 어딘가에 안착한 느낌이다. 지친 날개를 접고 다소 얼마간은 살포시 단잠을 잘 수 있으리라. 다다를 수 없는 어딘가로 향하던 방랑의 마음을 거두어들여도 되리라.

간절히 소망하던 일을 이룬 기분이 이런 것일까? 마흔일곱이 되도록 인생의 쓴맛과 좌절밖에 느껴본 적이 없어서인지 이런 감정이 좀처럼 익숙지 않았다. 지난날의 나는 마치 꿈을 꾸기 위해 태어난 사람 같았다. 그동안 참으로 많은 꿈을 마음속에 품으며 살아왔다. 그러나 어쩌면 대부분의 사람에게 그러하듯 나에게도 꿈이란 신기루처럼 허망한 것이었다. 맨몸으로 공중누각에 오르려 하는 일은 쉽지 않았다. 가까이 가면 갈수록 자석의 같은 극끼리 맞댄 것처럼 번번이 등을 떠밀리기 일쑤였다. 그 많고 많던 꿈이 무엇이었는지 지금은 새삼 기억도 나지 않는다. 하지만 적어도 임대 아파트에 입주하는 것은 아니었을 테지.

그럼에도 지금 느껴지는 이 벅찬 감정은 무엇이란 말인가. 세상을 다 가진 기분마저 드는 건 너무 '오버'이지 않아? 이런 생각에 웃던 입꼬리가 슬며시 내려가기도 한다. 그토록 오랜 시간 웃지 않고 이를 꽉 깨물었던 날들에 대한 배반 같아서. 오랫동안 집 나가 있던 남편이 돌아온다는 소식에 부랴부랴 예쁜 옷으로 갈아입는 속없는 여자 같아서.

분명 아이러니다. '인생 별거 없다'는 흔한 말이 만고의 진리처럼 다가와 복잡한 머릿속 생각을 단숨에 쓸어가 버린다. 행복의 조건이라는 말은 애초에 생겨나지 말았어야 했다. 행복의 조건, 행복하게 사는 법 따위를 궁금해해서 무엇 하나? 저마다 처한 환경이나 추구하는 삶이 다를진대 어떻게 행복을 일정한 틀 안에서 규정지을 수 있을까. 이처럼 쉽게 허물어져 버리거나 풀어져 버리는 게 인간의 마음인 것을.

지난날 나는 분명 화려하고 더 폼 나는 꿈을 꾸었을 테지만, 지금은 진심으로 오늘에 만족한다. 시련 없는 행복은 없다는 걸 몸소 증명이라도 하려는 듯 그동안 진절머리 나도록 좌절을 경험했기 때문일 수도 있다. 무언가를 잃고 난 후에 얻는 교훈이 달갑다는 말은 아니다. 하지만 쓰디쓴 경험들로 인해 이제야 진정한 인생의 참맛을 알게 되었으니, 이 또한 세상이 가진 허무의 아이러니라고 할 수밖에.

이제는 어쩐지 작고 낡은 이 공간을 자꾸만 눈물 어린 애정으로 살펴보게 된다. 여기서 살 날이 얼마 남지 않았다. 살아내기 위해 안간힘을 썼던 내 마음과 손길이 구석구석 서려 있는 곳. 지금의 이 공간을 그리고 이 순간을 아무쪼록 더 고운 눈으로 대해야겠다는 생각이 들었다. 훌쩍 시간이 흐른 어느 날엔가 이 시절을 떠올렸을 때, 그래도 좋은 추억으로 되새길 수 있길 바라는 마음으로.

현실은 종종 기대와는

반대 방향으로 가곤 하지만,

그래서 뒤이어 찾아오는 좌절감은

사람을 더없이 무력하게 만들지만,

그래도 우린 매번 기대하게 된다.

남편의
새로운 직업

남편이 과외 일을 완전히 접을 수밖에 없는 상황은 예상보다 빨리 찾아왔다. 시각장애 판정을 받은 지 13년이 넘은 지금까지 한 번도 쉬어본 적 없는 그. 하지만 이제는 정말 버틸 수 없는 시점이 온 것이다. 보통 사람들도 이 나이쯤이 되면 현실적으로 직업을 바꾸기가 힘들다. 하물며 시각장애인이 새로운 직업을 구한다? 전혀 불가능하지는 않겠지만 좀처럼 쉽지 않은 일이 될 것임을 우리는 부딪혀보기도 전에 알 수 있었다.

　흔히 시각장애인의 직업으로 안마사를 떠올리는데, 그것도 말처럼 쉬운 일은 아니다. 안마 일에 약간이라도 재능이 있었다면, 남편은 망설이지 않고 도전했을 것이다. 하지만 똥손 중의 똥손인 남편. 어쩌다 어깨가 뭉쳐 그에게 안마를 부탁할라치면 첫 손길이 닿는 순간부터 비명과 함께 관두라는 소리가 절로 나왔다.

남편은 요즘 새로운 일에 푹 빠져 지낸다. 아무튼 뭐라도 해낼 사람. 역시 그는 또 기가 막히게 자신의 살길을 찾아내고야 말았다. 지나가는 말로 꺼낸 한마디가 결정적인 계기가 되었다. 내가 직장을 그만둔 후 집에서 하던 일은 일명 '타이핑 알바'였다. 키워드가 정해진 원고의 초안을 대신 작성해주는 일. 관련 정보를 검색해서 글자 수를 맞추어주고 건당 일정한 보수를 받는 일이었다.

하루에 보통 두세 개의 일을 했고, 꼬박 다섯 시간 정도가 소요됐다. 휴일도 없이 매일매일. 그러면서 나는 블로그 수익화를 위해 채널 두 개를 운영하며 노력을 기울이고 있었다. 당장의 수입은 너무나 미미했지만 날마다 처리해야 하는 작업량은 상당했다. 그렇지 않아도 성치 않은 몸인데 하루 종일 손가락과 팔목을 움직여야 하는 탓에 또 다른 통증에 시달리게 되었다.

우연처럼 찾아온 희망

"내가 당신을 좀 도와줄 수 있을 것 같은데."

그런 내 모습을 보는 게 안쓰러웠던지 남편이 어느 날 뜬금없이 말을 꺼냈다.

그냥 하는 말이겠거니 흘려들었는데, 며칠 후 그가 문서 하나를 작성하여 보여주었다. 건강 관련 정보를 취합해 글로 써서 원고를 만들었던 것이다. 그걸 보고 깜짝 놀라고 말았다. 이걸 대체 어떻게 썼지? 태블릿 PC로 화면을 키워가며 작성하려면 한참이 걸렸을 텐데.

실제로 남편은 A4 용지 한 장 반 분량의 글을 온종일 걸려 썼다고 한다. 그는 평소에 라디오를 즐겨 듣는 편인데, 그중에 건강 관련 프로그램이 몇 개 있는 모양이었다. 그곳에서 정보를 얻어 자기 나름대로 재해석하고 공부하여 원고를 작성했다고 한다. 눈이 잘 보이지 않아도 청력과 손가락의 움직임만으로 어느 정도 가능한 일이었다. 남들에겐 대수롭지 않은 일일 수 있겠지만, 나는 그 순간 아주 큰 희망을 보았다. 너무나 기뻤다.

그 후로 나는 그에게 작업에 필요한 무선 키보드와 독서대를 사주었다. 그리고 날마다 글을 열심히 쓰라고 독려했다. 그는 이미 15년 전에 잠시 자신의 개인 블로그를 운영해본 경험도 있었다. 내친김에 그것까지 합해서 블로그 세 개를 동시에 운영해보자는 계획을 세웠다. 남편이 정보성 원고의 초안을 써주면 내가 수정하고 사진 등을 첨부하여 블로그에 올리는 식으로 협동 작업을 펼쳤다.

블로그로 돈을 번다는 건 사실 상당히 어려운 일이다. 어떤 분야에서나 어느 정도의 돈을 벌려면 시간과 행운, 노력 등 여러 가지 요소가 복합적으로 따라줘야 한다. 그럼에도 우리는 그 일을 통해 실낱같은 기대감을 가졌다. 남편에게 계속 도전할 수 있다는 자신감과 작업을 통한 성취감을 주었다는 게 우선 가장 큰 성과였다.

그 후 우리는 부부 인플루언서가 되어보자는 꿈도 갖게 되었다. 그 목표를 위해 매일 여섯 시간 이상을 꼬박 컴퓨터 앞에 붙들려 있는 실정이다. 이게 뭐라고, 도대체 이게 뭐라고 이 일에 모든 사활을 건 사람처럼 굴고 있는 것일까. 차라리 그 시간에 밖에 나가서 일을 하는 게 훨씬 나을 텐데. 스스로가 참 미련하다 싶을 때도 있다. 일한 만큼 수익이 나지 않는 작업을 하다 보면 아무래도 자주 지치게 된다. 우리는 우스갯소리로 자조 섞인 농담을 주고받으며 서로를 위로하곤 한다.

디지털 폐지값이 좀 올라야 한다는 둥(하루를 꼬박 일해서 번 돈이 고작 만 원도 안 될 때는 마치 폐지를 줍는 것처럼 느껴진다), 이제 우리도 '문서 노가다' 세계에서 십장쯤의 위치는 되는 것 같은데 대우가 영 시원치 않다는 둥.

하지만 아무리 생각해봐도 선택의 여지는 없었다. 골백번 궁리해도 다른 마땅한 방법이 생각나질 않았다. 남편은 눈이 멀어가고, 나는 하루에도 몇 번씩 배터리 떨어진 인형마냥 픽픽 쓰러지기 일쑤다. 이런 우리가 밖에 나가 일을 하기란 점점 더 힘들어질 것이 분명하다. 집 안에서 할 수 있는 일을 찾아야 한다. 미리부터 대비하면서.

오늘의 노고를 즐기는 법

❀ ❀ ❀

어찌 되었든, 집에서 할 수 있는 일을 찾은 건 정말 다행스러운 일이다. 당장 수익이 미미하다고 해서 무의미한 일이라고 볼 수도 없다. 블로그 키우기는 무엇보다 남편에게 꽤 긍정적인 영향을 미치고 있기 때문이다. 순수하게 자신의 힘으로 써낸 원고를 사람들이 봐주는 데서 보람을 느끼고, 하루하루 방문자가 늘어나는 것을 확인하는 데서 큰 즐거움을 찾는 모양이다. 우선은 그거면 되었지 싶었다. 그 힘으로라도 당분간은 이 지루한 싸움을 버텨낼 수 있겠다는 마음이었다.

둘이 함께라서 그동안 멈추지 않고 해올 수 있었을 것이다. 블로그 세 개를 동시에 운영하는 일은 나 혼자라면 감히 시도해보지도 감당해내지도 못했을 일이다. 매사를 늘 긍정적으로 바라보고 끊임없이 도전하는 그가 있어서 가능한 일이었다. 맨날 내가 업고 간다고 생각했던 남편이 나에게 이렇게 든든한 기둥이 되어주었다. 그 사실을 확인한 것만으로도 마음이 한결 가벼워졌다.

그는 원고를 천 개 쓸 때까지 이 도전을 멈추지 않을 거라고 한다. 그렇다면 나는 이천 개 쓸 때까지 멈추지 않아야겠지. 눈이 불편한 사람이 그 정도로 하겠다고 다짐하는데, 내가 쉽게 지쳐서는 안 되겠지.

남편과 함께 블로그 일을 한 지 어느덧 일 년이 넘어간다. 그의 직업은 이제 누가 뭐래도 블로거다. 그동안 나름 괄목할 만한 성과도 이루어냈다. 우리는 블로그를 통해 최소 생활비를 벌어보겠다는 목표를 가지고 있는데, 그 목표치의 반 정도는 달성을 한 상태다. 아주 속도가 느리지만 언젠가는 원하는 목표치에 근접할 수 있을 거라는 확신이 들고, 혹여 그렇게 되지 못하더라도 이 정도의 성과에 만족할 수 있을 거라는 마음이 드는 참이다. 남편의 새로운 직업이 생긴 것만으로도 어쩌면 감사해야 할 일이다.

머지않아 완전한 실명 상태가 되더라도 그는 이 일을 계속할 수 있을 것이다. 그때가 되면 또 마땅한 방법을 찾아서 힘껏 노력할 테니까. 그가 앞으로도 쉼 없이 자신의 일을 찾아갈 사람이라는 점을 나는 이제 추호의 의심 없이 받아들인다.

살아갈수록 인생의 행복과 의미라는 것은 사실 특별할 게 없다고 느껴진다. 무언가를 이루어보겠다는 희망과 할 수 있다는 용기 그리고 하고 있다는 자부심이 곧 행복이다. 소풍 가기 전날의 설렘처럼 그 과정 자체를 즐기는 것이 중요하다. 무언가를 이루어나가는 과정에서 느끼는 좌절감과 성취감과 보람을 적절히 밀고 당기며 살아갈 수 있다면 그게 행복 아닐까. 이런 인생의 단순한 진리를 자주 상기하며 우리는 지루한 시간을 견뎌내고 있다. 그리고 오늘의 노고를 대수롭지 않게 즐겨나간다.

무언가를 이루어나가는 과정에서 느끼는

좌절감과 성취감과 보람을

적절히 밀고 당기며 살아갈 수 있다면

그게 행복 아닐까.

고요하게,
우아하게

무언가에 쫓기지 않고 세월아 네월아 책장을 넘기는 순간.

쩽하던 매미 소리가 잠시 잦아드는 순간.

식은 커피 한 모금을 입에 머금고

하릴없이 잔 속을 들여다보는 순간.

빗방울이 들이치는 차 안에 앉아 흘러간 옛 노래를 듣는 순간.

매일 밤 오래된 스탠드 불빛 아래 놓인

노트와 책과 연필과 눈을 맞추는 순간.

그것들이 여전히 내 곁에 놓여 있음에 만족하게 되는 그 순간.

아침에 냉장고에서 꺼내놓은 과일이

찬 기운을 잃길 기다리는 순간.

이른 새벽 잠결에 키보드 치는 남편의 기척을 느끼는 순간.

그리고 쌔근쌔근 잠든 강아지 곁에 앉아 있는 많은 순간들.

오늘도 내 고요함의 무게는 한 겹 한 겹 쌓여간다. 예나 지금이나 삶이 더 단순해지길 바라는 마음은 한결같다. 과부하가 걸릴 정도로 신경을 쓰고 안달하며 달려왔던 시간을 이제는 종식시키고 싶다. 지금 나는 움켜쥐었던 힘을 조금씩 덜어내고 있는 중이다. 이제야 비로소 내 인생의 복잡한 실타래를 어느 정도 풀어낸 느낌이 든다. 더 이상 꼬인 것도 없고 엉킨 곳도 없이 그저 느슨하게 풀어헤친 기분이다. 혹은 아직도 조금은 낭창낭창하게 흔들리고 있는 것 같지만, 이것도 그다지 나쁘지는 않다.

한겨울 혹한에도 삼한사온이라는 기류가 형성되듯 내 아픈 인생에도 삼한사온은 존재한다. 사흘을 내리 아프면 하루 이틀쯤은 덜 아픈 날도 찾아온다. 그럴 때면 삶의 의욕이 넘실넘실 넘쳐댄다. 불시에 아픈 몸 때문에 감정이 냉탕과 온탕을 수시로 드나들 듯해도, 이 정도 상태만 잘 유지되면 더는 바랄 것이 없겠다는 생각이 든다. 오락가락하더라도 이대로만.

나는 지금 아주 많은 것에서 해방되었다는 느낌을 받는다. 거의 모든 걸 다 내려놓았기 때문일 것이다. 내 맘처럼 되지 않는 일들, 노력해도 좀처럼 이룰 수 없는 것들, 현실에 집중하지 못하게 만드는 온갖 유혹들, 속박하고 귀찮게 하는 관계들. 이런 것들로부터 자유로워졌다.

이제 더 이상 내 몸에 맞지 않는 청바지에 몸을 꾸역꾸역 밀어 넣은 채 억지 춤을 추지 않아도 된다. 숨도 제대로 쉬지 못하고 안간힘을 쓰며 버티고 있다가, 어느 순간 "에라, 모르겠다" 하고 지퍼를 확 내려버린 것 같은 해방감이다. 그 순간 청바지 위로 미어진 뱃살 따위를 왜 걱정하겠나. 뒷감당은 어찌 하든 말든 얼마나 원한 순간인데. 너무나 오랫동안 얽매여 있던 구속감에서 해방이 되었다는 그 사실만이 중요할 뿐.

오롯이 현재에 집중할 것 그리고 편안할 것

❀ ❀ ❀

고독하지만 자유롭고 단순하게. 이것이 내가 요즘 더없이 편안한 이유다.

어떤 음식이든 감사하게 먹을 수 있는 내 입맛. 삶에 대한 만족감도 이런 입맛처럼 낮은 커트라인을 유지할 수 있다면 좋겠다는 생각을 종종 한다. 아니, 나는 지금 그렇게 되어가고 있다고 생각한다. 바닥에 드러눕다시피 허리를 부드럽게 뒤로 꺾은 채 림보를 할 수 있을 만큼 내 마음은 아주 유연해졌다.

앞으로도 모쪼록 이렇게, 딴 데 보지 말고 딴 생각도 하지 말고, 지나간 일은 잊고 너무 먼 미래도 생각하지 말고, 그저 오롯이 현재의 단순한 생활에 집중할 것. 그리고 무엇보다 편안할 것. 바라는 건 이것뿐이다.

어느새 고요가 시나브로 일상에 스며들어 단단히 자리 잡아가고 있는 듯하다. 간혹 눈에 거슬리는 것을 봐도 예전처럼 버럭 화를 내지 않는다. 말투가 차분하고 고와졌다. 상대방의 이야기를 진심으로 귀 기울여 듣는 나를 발견하게 된다. 누군가를 싫어하는 마음이 좀처럼 생기지 않는다는 것 또한 내 안의 고요가 깊어졌다는 방증일 것이다. 참으로 다행하고 또 다행한 일이다.

적적하고 고요한 상태가 된다는 건 마음이 차분하게 가라앉아 있다는 뜻과도 같다. 우아하게 살고 싶다는 생각을 자주 한다. 내가 생각하는 우아함이란 단순히 차림새나 외모, 말투와는 다른 어떤 것이다. 이것도 고요와 같은 맥락일 텐데, 이를테면 '겉으로 드러난 고요'라고 스스로에게 일러두곤 한다. 시시각각 흔들리지 않고 한결같은 색깔을 내보일 수 있는 그런 단단함 혹은 유연함. 품격 있는 가난, 진심 어린 마음의 표현, 애쓰지 않는 행위들, 탐욕스럽지 않은 열망.

아마도 마음속 고요가 완전하게 무르익을 때쯤이면 내가 추구하는 우아함도 자연스레 드러나게 될 거라고 믿는다. 그 때가 되면 번잡함 속에서는 결코 가질 수 없는 여유의 눈빛으로 모든 세상을 바라볼 수 있겠지.

에필로그

남편과 부부라는 이름으로 묶인 17년 세월을

내가 견딜 수 있었던 건 아마 책임감 때문이었을 것이다.

결혼에 혹은 내 선택에 뒤따르는 의무를 다하려

나는 애써왔다.

하지만 이젠 책임감이나 의무감 같은 말로

나 스스로를 얽매지 않기로 했다.

대신 사랑으로 남편과 함께하려고 한다.

내 옆의 오직 한 사람만을 구원하는 테레사로

행복해지고 싶다.

또한 쓸데없는 고민과 원망으로부터 자유로워지길 소망한다.

그것이 결국에는 나를 더 사랑하는 길이기도 할 테니까.

우리의 이야기를 책으로 펴내겠다는 출판사가 나타났을 때 저보다 더 좋아했던 건 남편이었습니다. 사실 저는 이 이야기가 보다 넓은 세상에 나가면 가장 곤란하게 생각할 사람이 남편일 줄 알았거든요. 그가 싫어하면 어쩌나, 자존심 상해 하면 어쩌나, 그런 걱정을 했었습니다. 그런데 책 출간을 망설이는 저에게 더 적극적으로 힘을 실어준 건 정작 남편이었어요.

제가 출판사와 계약을 맺고 초고를 쓰자 남편도 덩달아 바빠졌습니다. 아직 나오지도 않은, 계약서에 잉크도 마르지 않은 제 책을 홍보하러 다니느라고 말입니다. 홍보를 핑계 삼아 친구들과 만나서 술 먹고 다니느라 아주 신바람을 냈었죠.

어느 날 남편으로부터 전해 들은 이야기는 어쩐지 웃프면서도 쨍한 여운을 남겨주었습니다.

"친구! 책이 나오면 자네는 읽지 말고, 와이프에게 선물해 줘. 읽고 나면 아마 자네에게 무척 잘해줄 거야."

"무슨 내용이길래? 제수씨 자전적 에세이야?"

"에세이란 게 어차피 자전적인 거 아니겠나. 그러니 그중 80퍼센트 이상은 내 얘기라고 봐야지."

"안됐군, 친구……."

"내 걱정은 하지 말게. 살다 보니 에세이 주인공도 돼보고. 나는 괜찮네, 친구."

남편이 친구와 나누었다는 대화의 내용에 저는 그 어느 때보다 유쾌하고 호탕한 웃음을 터트렸습니다. 자신의 치부가 드러나는 것이라 생각할 수 있는 일 앞에서 저렇듯 색다른 의미 부여를 할 수 있는 그에게 진심으로 존경하는 마음이 생겨났습니다.

'그러고 보니 나도 남편 덕분에 에세이 작가가 되는 거잖아! 이것도 멋진 일이 아닌가!'

저도 그 순간 남편처럼 생각하기를 주저하지 않았습니다. 인생은 또 이렇듯 우리에게 웃픈 아이러니를 선물해주었습니다.

남편이 슬퍼하는 법을 모르는 사람이었다면, 저는 기뻐하는 법을 모르는 사람이었습니다. 우리는 흔히 과거로 돌아가 그때 다른 선택을 한다면 어떨까 하는 상상을 자주 하곤 합니다. 그런 일은 절대 일어날 수 없다는 것을 잘 알면서도 말이죠. 저의 과거를 되돌릴 수는 없지만 이것 하나만은 바꿀 수 있겠다는 생각도 듭니다. 이제는 슬퍼하는 법을 모르는 사람으로 살아가 보겠다는 것.

뿌리 깊은 우울감과 염세적인 성향을 가지고 있는 제가 매사를 남편처럼 생각하기란 여전히 쉽지 않습니다. 지난날 저는 아직 인생이 끝난 게 아니라는 걸 잘 알면서도 너무 일찌감치 끝을 맞이한 사람처럼 굴었지요. 헤어 나올 수 없다고, 방법이 없다고, 앞날이 너무 아득하다고, 있는 대로 코를 빠트리곤 했습니다. 벗어날 방법은 얼마든지 있고 그건 의외로 간단한 일일 수 있다는 걸 그땐 알지 못했습니다. 결국 모든 건 마음이 하는 일이라는 걸, 그토록 아파하지 않아도 시간은 자연히 흘러간다는 걸.

인생은 무지갯빛입니다. 모든 날이 밝지만도 않지만 또 흐리지만도 않기에 살아갈 만하다는 걸 이제는 가슴 벅차게 받아들입니다. 끝날 때까지는 끝난 게 아니라는 말이 있듯 인생의 풍파라는 것에도 어쩌면 끝이 없겠지요. 앞으로도 언제든, 누구에게든 예기치 못한 일들이 생길 수 있는 것이 바로 인생이니까요.

돌이켜보면 저의 지난날은 고독한 혼잣말들로 살아낸 하루하루였습니다. 그것들은 제 작은 소망이자 다짐이기도 했어요. 오늘을 살아내기 위한 힘겨운 날갯짓. 앞으로의 날갯짓은 한결 더 가벼워지기를 바랍니다. 인생의 주인공은 저 자신이며, 제가 택한 길이 결국 저만의 길이라는 사실을 잊지 않을 것입니다.

그리고 모든 고통에는 끝이 있음을 기억하려 합니다. 다만, 그 과정을 너무 아프지 않게 거쳐 지날 수 있는 단 하나의 무기는 웃는 것이라고 생각합니다. 어쩌면 여전히 힘든 삶이 지속되겠지만 그럼에도 불구하고 웃어야 한다는 것!

　편안하고 행복한 삶의 본질은 무엇일까요. 중요한 것은 그 무엇에든 섣부른 탐욕을 부리지 않으려는 마음이 아닐까요. 천천히 가려는 호흡 조절이고, 스스로의 의식을 잘 통제해서 보다 현명한 선택을 해나가려는 순간순간의 발자취이겠지요. 제 몸과 마음을 그저 인생의 흐름에 맞춰 자연스럽게 녹아들도록 하고 싶습니다. 제 하루하루가 애쓰지 않으면서 꾸준한 삶, 무리하지 않으면서 조금씩 나아가는 삶이길 바랍니다.

　이제는 더없이 가뿐한 마음으로 제가 택한 삶을 살아가려 합니다. 여전히 유효기간이 짧은 다짐들을 하고 잠시뿐인 행복에 위안받으며 살지라도, 오롯이 저만의 삶을 이루어가는 저 자신을 이제는 그 누구보다 더 응원할 것입니다.

　우린 결국 행복해지기 위해 힘겨운 오늘을 견디고 있습니다. 그렇기에 찡그린 얼굴을 펴고 되도록 웃으며 이 순간을 살아내길 저와 당신에게 부탁합니다. 마음이 시키는 대로, 내 인생의 주인공인 나답게, 아무쪼록 행복하게.

◆ 인용문 출처

· 49p, 89p. 『월든』 : 헨리 데이비드 소로우 지음, 강승영 옮김, 은행나무
· 72-73p. 『오늘도 나는 너의 눈치를 살핀다』 : 김설 지음, 이담북스

살아남는 중입니다,
이 결혼에서

초판 1쇄 인쇄 2022년 11월 1일
초판 1쇄 발행 2022년 11월 15일

지은이 박진서
발행인 강선영·조민정
펴낸곳 (주)앵글북스
디자인 강수진

주소 서울시 종로구 사직로8길 34 경희궁의 아침 3단지 오피스텔 407호
문의전화 02-6261-2015 **팩스** 02-6367-2020
메일 contact.anglebooks@gmail.com
ISBN 979-11-87512-76-9 03810